Amor a la fuerza

Melanie Milburne

HARLEQUIN™

Editado por HARLEQUIN IBÉRICA, S.A.
Núñez de Balboa, 56
28001 Madrid

AMOR A LA FUERZA, N.º 1994 - 28.4.10
Título original: The Marcolini Blackmail Marriage
Publicada originalmente por Mills & Boon®, Ltd., Londres.

I.S.B.N.: 978-84-671-7938-5
Depósito legal: B-6831-2010
Editor responsable: Luis Pugni
Preimpresión y fotomecánica: M.T. Color & Diseño, S.L.
C/ Colquide, 6 portal 2 - 3º H. 28230 Las Rozas (Madrid)
Impresión y encuadernación: LITOGRAFÍA ROSÉS, S.A.
C/ Energía, 11. 08850 Gavá (Barcelona)
Fecha impresion para Argentina: 25.10.10
Distribuidor exclusivo para España: LOGISTA
Distribuidor para México: CODIPLYRSA
Distribuidores para Argentina: interior, BERTRAN, S.A.C. Vélez Sársfield, 1950. Cap. Fed./ Buenos Aires y Gran Buenos Aires, VACCARO SÁNCHEZ y Cía, S.A.
Distribuidor para Chile: DISTRIBUIDORA ALFA, S.A.

Capítulo 1

ERA lo último que Claire hubiera podido imaginar. Se quedó mirando a la abogada unos segundos intentando comprender lo que le había dicho.

–¿A qué se refiere con que no accede? –le preguntó.

–Su marido me ha comunicado que se niega a firmar los papeles del divorcio –respondió la abogada–. Lo dejó muy claro. Insiste en verla a usted antes.

Claire suspiró inquieta. Había esperado poder evitar cualquier contacto directo con Antonio Marcolini durante la estancia de él en Sidney. Ya habían pasado cinco años. Había creído que, después de una separación tan prolongada, el divorcio sería una mera formalidad. Haber dejado todo el asunto en manos de una abogada había parecido la manera más rápida y cómoda de hacerlo.

Tenía que seguir adelante.

–A menos que tenga alguna razón concreta para no tratar con él, le aconsejo que acceda cuanto antes –continuó Angela Redd–. Es posible que lo único que quiera sea terminar todo esto de una forma más personal. Legalmente, no puede oponerse al proceso de divorcio, pero el que estén ustedes de acuerdo hará las cosas mucho más sencillas. Y más baratas.

Claire sintió pánico ante la idea de tener que pagar más facturas. En aquel momento, un largo proceso legal podía conducirle a la ruina. ¿Por qué querría verla Antonio después de tantos años? El modo en que la relación entre ambos había terminado nunca le había hecho pensar en que volverían a sentarse a charlar amigablemente.

–Supongo que no pasa nada por quedar con él –dijo Claire finalmente con desasosiego.

–Considérelo como el último esfuerzo –le aconsejó la abogada levantándose para dar por terminada la reunión.

Terminado. Eso era lo que quería ella, que todo terminara. Por eso había iniciado los trámites del divorcio. Había llegado el momento de dejar el pasado atrás. Se merecía una nueva vida.

Cuando abrió la puerta de su apartamento, el teléfono estaba sonando.

–¿Hola? –preguntó dejando el bolso y las llaves sobre la mesa.

–Claire.

Se aferró con todas sus fuerzas al auricular para contener la sorpresa y los nervios de escuchar la voz de Antonio de nuevo. Si reaccionaba así ante una simple palabra suya, ¿cómo iba a ser capaz de mantener una conversación entera? El corazón le estaba latiendo con fuerza y respiraba con dificultad.

–Claire –repitió su nombre con su profundo acento, consiguiendo que todo su cuerpo se estremeciera y la sangre corriera a toda velocidad por sus venas.

–Antonio... –dijo cerrando los ojos para intentar concentrarse–. Yo... Estaba a punto de llamarte.

–Entonces es que ya has hablado con tu abogada, ¿verdad?

–Sí, pero...

–No voy a aceptar un no por respuesta. Si no accedes a quedar conmigo, no firmaré nada.

–¿Crees que puedes darme órdenes como si fuera una marioneta? –preguntó irritada por su arrogancia–. Yo no soy tu...

–Quiero que nos veamos –la interrumpió Antonio–. Es la mejor forma de hacer las cosas.

–Creía que estabas aquí para promocionar tu organización, no para charlar con la que muy pronto será tu ex mujer –dijo intentando aparentar frialdad.

Miró de reojo el periódico que había dejado sobre la mesa y en el que se anunciaba la llegada de Antonio a la ciudad. Cada vez que veía su fotografía al pie del artículo, le recorría la espalda un escalofrío.

–Sí, voy a estar tres meses en Australia para administrar las obras de caridad que he empezado a hacer en Italia –dijo él.

Claire ya había oído hablar de FACE, la organización sin ánimo de lucro que había fundado para ayudar a pacientes con graves deformaciones faciales a través de la cirugía. Había invertido millones de dólares en el proyecto. Había seguido sus progresos a través de la página web de la organización, maravillándose por los milagros que había conseguido.

Pero, al final, siempre había acabado volviendo a la cruda realidad. Los milagros sólo les ocurrían al resto de las personas, no a ella. El fracaso de su matrimonio con Antonio era la mejor demostración.

–Me resulta extraño –continuó Antonio–, que no te hayas imaginado que me gustaría verte en persona.

–Dadas las circunstancias, no me parece apropiado –replicó ella–. No tenemos nada de qué hablar. Ya dijimos todo lo que había que decir la última vez.

Claire recordó la amarga y agresiva discusión que habían mantenido cinco años antes. Había conseguido sacarla de sus casillas, había permanecido a distancia, mirándola con frialdad, y ella no había sido capaz de otra cosa más que de lanzarle insultos y descalificaciones.

–No estoy de acuerdo –dijo él–. Si no recuerdo mal, la última vez fuiste tú la única que habló. Esta vez me gustaría hacerlo a mí, para variar.

–Mira, hemos estado separados cinco años...

–Ya sé cuánto tiempo hemos pasado separados –la interrumpió de nuevo Antonio–. Es una de las razones por las que he venido a Australia.

–Creía que lo habías hecho para promocionar tu organización... –dijo ella sorprendida.

–Y así es, pero no pienso pasar tres meses dedicado exclusivamente a eso. Quiero pasar algunos días de vacaciones y verte a ti.

–¿Por qué? –preguntó ella.

–Te recuerdo que, legalmente, seguimos casados.

–Déjame adivinar –dijo ella–. Tu última amante no ha querido venir hasta aquí contigo y estás buscando a alguien con quien matar el tiempo estos tres meses. ¿Me equivoco? Pues olvídalo, Antonio.

–¿Es que estás saliendo con alguien?

Claire respiró hondo. ¿Cómo podía pensar que ella era capaz de superar tan fácilmente la muerte del hijo que habían tenido como había hecho él?

–¿Por qué quieres saberlo?

–No me gustaría meterme en el terreno de nadie –respondió Antonio–. Aunque, de todas formas, si es el caso, habría formas de tratar la cuestión.

–Sí, bueno... Los dos sabemos que ese tipo de cosas nunca te han detenido, ¿verdad? Todavía recuerdo haber leído la aventura que tuviste con una mujer casada hace dos años.

–Fue todo un bulo, Claire. La prensa siempre está inventándose cosas sobre mí y sobre Mario. Lo sabes de sobra. Te lo dije cuando nos conocimos.

Tenía que reconocer que, desde el principio, Antonio se había esforzado por enseñarle cómo debía tratar con la prensa y cómo debía interpretar sus noticias. Antonio y Mario, los dos hijos del millonario hombre de negocios Salvatore Marcolini, eran objetivo de los periodistas constantemente. Eran fotografiados a todas horas del día y se les relacionaba sentimentalmente con todas las mujeres a las que veían.

Para Claire había sido demasiado. Ella siempre había sido una chica de campo. Nunca había estado acostumbrada a ser el centro de atención. Había crecido junto a sus hermanos en un tranquilo pueblecito de Outback New South Wales, ajena al glamour y la sofisticación de las grandes ciudades. En realidad, su vida seguía siendo modesta ahora que era estilista en una pequeña ciudad de las afueras.

Aquél había sido un abismo que les había mantenido siempre alejados. Procedía de una clase social muy diferente a la de él, una diferencia que la familia de Antonio se había esforzado constantemente en subrayar. Nunca habían considerado a una estilista australiana de veintitrés años como una buena esposa para su preciado hijo.

–Voy a estar hospedado en la suite del ático del hotel Hammond Tower –dijo Antonio.

–Cómo no... –ironizó ella.

–¿Creías que alquilaría una casa sólo para tres meses?

–No, claro que no –respondió–. Simplemente, creo que el ático de ese hotel está muy por encima de las posibilidades de aquéllos que se dedican a hacer obras de caridad.

–Para dedicarme a esto no es necesario que duerma todas las noches en un banco del parque, aunque seguro que te encantaría verme así, ¿verdad?

–No quiero verte, ni en el banco de un parque ni en ningún sitio.

–No es negociable, Claire. Tenemos cosas de las que hablar y debemos tratarlas en privado. Me da igual el lugar.

Pero a Claire no le daba igual. No quería que Antonio fuera a su pequeña y desordenada casa. Ya era suficiente con tener que vivir de los recuerdos de sus besos, sus abrazos, del calor de su cuerpo. Nunca los había olvidado. Seguían tan vivos como el primer día. No podía dejarle entrar en su casa y arriesgarse a tenerle cerca.

–Te lo repito, Claire –insistió él al ver que ella no decía nada–. Puedo estar en tu casa en diez minutos o puedes venir aquí, lo que prefieras.

Claire lo pensó por un momento. Quedar en su casa sería demasiado privado, demasiado íntimo. Por el contrario, hacerlo en su hotel sería demasiado público. ¿Y si se encontraban con la prensa? Una instantánea de ellos dos juntos podría dar motivo a las especulaciones que había logrado evitar cinco años antes.

Finalmente, decidió que no estaba preparada para que Antonio fuera a su casa.

–Iré yo –dijo resignada.

–Te estaré esperando en el Piano Bar. ¿Quieres que envíe un coche a buscarte?

Ya se había olvidado de los lujos a los que estaba acostumbrado Antonio. Si aceptaba, no iría a buscarla un coche cualquiera, sino una limusina o el último modelo de deportivo. Le dieron ganas de echarse a reír al pensar en el destartalado coche que tenía ella.

–No –dijo orgullosa–. Iré por mi cuenta.

–Como quieras. ¿Quedamos dentro de una hora?

Claire asintió y colgó el teléfono, nerviosa por tener que verle otra vez.

Si no quería el divorcio, ¿qué quería? Su matrimonio estaba muerto, no había ninguna razón para darle vueltas.

Sintió una profunda pena al pensar en la hija que habían tenido. De no haber muerto, tendría cinco años y estaría ya empezando el colegio. Tendría el pelo oscuro y los mismos ojos que su padre. ¿Habría pensado Antonio alguna vez en ella? ¿Se habría despertado alguna noche creyendo oír sus llantos? ¿Habría echado de menos tenerla en brazos? ¿Habría mirado alguna vez la fotografía de la pequeña? ¿Habría sentido alguna vez que sus ojos no hubieran llegado a abrirse nunca?

«Seguro que no», pensó mientras se cambiaba de ropa. Sacó un vestido negro que tenía guardado desde hacía algunos años. Le quedaba grande, pero tampoco tenía la intención de impresionarle. Eso prefería dejarlo para las supermodelos con las que estaba acostumbrado a salir.

Capítulo 2

EL HOTEL Hammond Tower estaba en el centro. Tenía unas maravillosas vistas al puerto y al elegante edificio del Opera House. Pero, al contrario que la mayoría, tenía una sofisticada ambientación clásica conseguida gracias a su decoración art-decó y a los uniformes de sus empleados. Cuando Claire entró en el vestíbulo, creyó retroceder en el tiempo, a una época más elegante.

Se dirigió al Piano Bar intentando controlar los nervios. Antonio estaba sentado en un sofá lleno de cojines de plumas. Se levantó en cuanto la vio. Claire se estremeció. Seguía siendo tan alto como antes. Y ella seguía pareciendo muy pequeña a su lado.

–Claire.

Sólo había pronunciado su nombre, pero ella sintió como si se hubiera producido un terremoto en su interior. Le observó atentamente, intentando fijarse en cada detalle. ¿Intentaría acercarse a ella? ¿La tocaría? ¿Debía dar ella el primer paso? ¿Debía darle dos besos o estrecharle la mano? ¿Debía quedarse donde estaba, con el corazón encogido y las manos temblorosas?

Apenas había cambiado. No había rastro de canas en su pelo, aunque ya tenía treinta y seis años. Su piel seguía tersa y su rostro suave. El traje de diseño italiano que llevaba realzaba su extraordinario físico, sus hombros anchos, sus poderosas piernas y sus estrechas caderas.

–Antonio... –consiguió decir finalmente, maldiciéndose por mostrar tanto nerviosismo.

–¿Quieres sentarte? –le preguntó extendiendo la mano.

Seguía siendo tan correcto y formal como antes. Claire se sentó de forma que sus piernas quedaran lo más lejos posible de él.

–¿Qué quieres tomar? –preguntó avisando al camarero.

–Un poco de agua mineral –respondió Claire–. Tengo que conducir.

Antonio pidió una botella para ella y una copa de brandy para él.

–Estás más delgada –dijo.

–¿Es una crítica o una observación? –replicó irritada.

–No es una crítica.

–¿Podemos ir al grano, por favor? –le preguntó cruzándose de brazos–. ¿Puedes decirme por qué estamos aquí para que pueda volver a mi vida?

–¿A qué vida? –replicó él apoyando la espalda en el sofá y mirándola fijamente.

–Tengo mi propia vida, Antonio. Y tú no estás en ella.

–Tenemos que discutir algunas cosas –dijo él sonriendo–. Hemos estado separados mucho tiempo, y debemos decidir qué vamos a hacer a partir de ahora.

–¿A partir de ahora? Yo te lo diré. Vamos a poner fin a nuestro matrimonio de inmediato.

Antonio guardó silencio unos instantes para reconocer los ojos azulados con destellos verdes de Claire, las suaves líneas de sus labios. Sobre su piel blanca como la crema destacaban pequeñas pecas que le daban un aire cautivador de mujer accesible y sencilla. Todos los hombres se habían dado la vuelta cuando había entrado. Pero lo más conmovedor era que ella parecía ignorar el efecto que producía en el sexo opuesto, el poder de sus encantos femeninos.

–¿Y si te dijera que no quiero el divorcio? –le preguntó.

Claire tomó la botella de agua que le acababa de dar el camarero, la puso sobre la mesa y le miró.

–¿Qué has dicho?

–Ya me has oído –respondió él sonriendo.

–Pues sería un problema, Antonio, porque yo sí quiero el divorcio.

–Si es verdad, ¿por qué no has hecho nada en todo este tiempo?

–Yo... Lo fui dejando, preferí no molestarme. Ya habías salido de mi vida y de mi cabeza.

–Y ahora que estoy aquí, ¿quieres ponerle de repente fin a todo?

–Lo nuestro terminó hace cinco años, Antonio, ¿es que no te has enterado?

–¿Y por qué? –preguntó él irritado, mostrando una emoción por primera vez desde que había entrado en el hotel–. ¿Porque necesitabas echarle la culpa a alguien de todo lo que pasaba y era yo el que estaba más cerca?

–Me traicionaste –respondió Claire–. Me traicionaste cuando yo estaba en un momento muy malo. Nunca te perdonaré por ello.

–¿De modo que todavía sigues aferrada a esa historia de que fui desleal contigo en los últimos meses de nuestra relación?

–Yo sé lo que vi –respondió ella en voz baja para que nadie pudiera escuchar la conversación–. La estabas abrazando, no lo niegues.

–No lo niego. Daniela era y sigue siendo una amiga de la familia. Lo sabes de sobra. Te lo dije cuando nos conocimos.

–Sí, pero lo que no me dijiste fue que habíais sido amantes durante más de un año antes de que tú y yo nos conociéramos. A lo mejor para ti era un detalle sin importancia, pero para mí no.

–No quería ofenderte hablando de las mujeres con las que había estado, sobre todo teniendo en cuenta que tú no tenías mucha experiencia.

–Bueno, ya aprendí lo suficiente estando contigo un año –dijo Claire con amargura.

–¿Por qué no lo sueltas, Claire? ¿Por qué no les dices a todos los presentes cuál fue la verdadera razón?

Miró a su alrededor. Algunas personas les estaban mirando.

–¿Puedes bajar la voz, por favor? –le pidió–. La gente nos está mirando.

–Que miren.

–¿Podríamos ir entonces a algún sitio donde podamos estar solos? –le pidió.

–Por supuesto –respondió Antonio–. Sígueme.

Lo siguió hasta unos ascensores que estaban cerca del Piano Bar. Claire entró en uno de ellos y se quedó en una esquina, lo más alejada posible de él. Antonio pasó su tarjeta por el lector y el ascensor subió hasta el ático. Claire estaba cada vez más nerviosa.

Las puertas se abrieron y Antonio se hizo a un lado para que pasara. Al hacerlo, Claire sintió el penetrante aroma de su aftershave, una fragancia que evocó miles de recuerdos, momentos en los que sus cuerpos habían yacido entrelazados y exhaustos por la pasión.

Antonio abrió la puerta de la suite y extendió la mano para invitarla a entrar. Cuando la puerta se cerró detrás de ella, sintió como si hubiera entrado por su propio pie en una trampa y, para disimular su desasosiego, empezó a deambular por todas partes, mirando el paisaje que se divisaba a través de las ventanas.

–¿De modo que quieres el divorcio? –preguntó él como si se tratara de una empleada que acabara de pedirle un aumento de sueldo.

–No puedes negarte, Antonio. Llevamos separados mucho tiempo. No tiene sentido.

–Si lo que quieres es el divorcio, te lo daré. Pero sólo después de que hayas pasado conmigo tres meses.

–No estoy segura de haberte entendido –dijo Claire frunciendo el ceño–. ¿Me estás diciendo que quieres intentar retomar nuestra relación?

–Me gustaría que lo intentáramos, Claire. Y esta vez en tu tierra, no en la mía.

–Cielo santo... Estás hablando en serio... Antonio, ¿es que te has vuelto loco? ¿De verdad habías pensado que aceptaría?

–Tres meses no es nada. ¿Qué perdemos por intentarlo? Así los dos podremos estar seguros de que divorciarnos es la decisión correcta.

–En lo que a mí respecta, ya tomé esa decisión cuando regresé a Sidney.

–Tomaste aquella decisión en un momento acalorado –dijo él–, después de un mal momento.

–¿Ahora te refieres a ella como un mal momento?

–Sabía que reaccionarías así –suspiró Antonio–. Es imposible hablar contigo sin que tergiverses mis palabras para intentar demostrar que no me preocupé por ella. Maldita sea, Claire, sabes perfectamente que no es verdad. La quería más que a ninguna otra cosa en este mundo.

Los sentimientos de Claire empezaban a estar fuera de control.

Sí, Antonio había querido aquel bebé.

–Di su nombre, por el amor de Dios –le espetó–. ¿O es que lo has olvidado? ¿Es eso, Antonio? ¿Ya te has olvidado de ella?

–No hagas esto, Claire. No sirve de nada.

Se estaba descontrolando, igual que le había ocurrido tantas veces en el pasado. A él, en cambio, siempre se le había dado bien mantener la compostura, lo que convertía la actitud de ella en humillante. Y le odiaba por ello. ¿Cómo podía estar allí de pie delante de ella de una forma tan fría e impersonal como si nada hubiera pasado?

–Claire, mi proposición va en serio.

–Pues siento informarte de que vas a tener que arreglártelas tú solo, Antonio. Lo último que haría sería aceptar volver contigo. Ni por tres meses ni por tres días.

–Deberías replanteártelo –dijo él después de observarla detenidamente en silencio–. Sobre todo después de lo que le ha pasado a uno de tus hermanastros.

–¿Cómo? –preguntó ella preocupada–. ¿A quién te refieres? –añadió deseando que no se tratara de Isaac.

«Por favor, que no sea Isaac».

Callum había tenido sus más y sus menos con las autoridades en el pasado, pero tenía un carácter fuerte y sabía cuidar de sí mismo. Isaac, en cambio, siempre había sido el más vulnerable. Su férreo sentido de la lealtad y su temperamento explosivo le habían llevado a meterse en problemas en más de una ocasión.

–Isaac –respondió Antonio.

–¿Qué...? ¿Qué se supone que ha hecho?

–Veo que no te sorprende del todo que se haya metido en un lío.

–Sí, Isaac tiene una forma de ser que a veces puede ser problemática. Pero no alcanzo a entender qué tiene que ver contigo.

–En este caso, tiene mucho que ver conmigo. Y contigo.

–¿Qué quieres decir?

–Tu hermano me robó el coche esta tarde y se fue a dar una vuelta con él –respondió Antonio.

No podía ser. De todos los coches de la ciudad, ¿por qué había tenido que elegir el suyo? Sabía que Isaac estaba en Sidney. Había llegado hacía unos días con unos amigos para hacer surf. Incluso había ido a visitarla y se había quedado a dormir una noche en su casa. También le había pedido dinero para comprarse ropa.

–¿Ha sufrido el coche algún daño? –preguntó ella esperando que no fuera así.

–Ninguno que no se pueda reparar si pasas tres meses conmigo –respondió.

–¿Me estás haciendo chantaje?

–No exactamente. Si te lo estuviera haciendo, no tendrías elección. Y no es así. Sólo te estoy dando una oportunidad. O pasas conmigo los próximos tres meses aquí en Sidney o presentaré cargos contra él. ¿Qué prefieres?

Capítulo 3

CLAIRE sintió un frío glacial por todo el cuerpo cuando se levantó y miró sin decir palabra a aquel hombre al que una vez había amado más que a su propia vida. No daba crédito a lo que le acababa de proponer. Pero la alternativa que tenía era aún peor. Nunca podría perdonarse a sí misma si llegaban a detener a Isaac, y no digamos a meterle en la cárcel, sabiendo que había tenido ella en su mano la forma de evitarlo. Callum le había hablado en cierta ocasión de las cosas tan terribles que sucedían habitualmente en los centros penitenciarios. No era precisamente justicia lo que imperaba en ellos.

Pero volver de nuevo a las andadas, a esa relación conyugal que tantos dolores de cabeza y sufrimientos le había ocasionado, podría ser superior a sus fuerzas. ¿De dónde sacaría la entereza necesaria?

Sintiendo que la sangre le hervía en las venas, dirigió a Antonio una mirada llena de odio.

–Verdaderamente, esta vez te has superado a ti mismo. Nunca pensé que podría volver a sufrir los desprecios y humillaciones de que me hiciste objeto en el pasado. No podrías haber concebido mejor venganza que ésta.

–Te estoy ofreciendo sencillamente una salida beneficiosa para los dos –le respondió Antonio con frialdad.

Claire hizo girar las pupilas de sus ojos. Era éste un gesto aprendido que sabía que a él le desagradaba profundamente.

–Perdóname –le dijo–. Pero no acierto a entender qué beneficio puedo sacar yo de tu ofensivo plan.

–¿Has llegado a pensar en el peligro que ha podido correr esta tarde tu hermano? –le preguntó Antonio con la ira dibujada en su mirada.

–Así que te han rayado tu precioso coche, ¿no? –dijo ella desafiante.

–No tienes la menor idea de la cantidad de caras que he tenido que reconstruir en todos estos años. Rostros perfectos y bellos, horriblemente desfigurados por niñatos que, como tu hermano, sólo saben divertirse quemando el motor a acelerones o haciendo caballitos con la moto por las calles de la ciudad sin pararse a pensar en la gente de su alrededor. Ésa es mi auténtica vida, Claire, esa vida por la que en ningún momento demostraste el menor interés.

–Muy bonito. Una salida muy típica tuya. Yo sacrifiqué mi profesión y toda mi vida por ti y por tu carrera sin que tú te dieras ni cuenta. Me pasaba todo el santo día encerrada en casa sin más compañía que la de tu madre y a veces, pocas, la de tu padre, que no hacían más que recordarme una y otra vez sin ninguna delicadeza que no era lo bastante buena para ser la esposa de su precioso hijo, su primogénito, el brillante cirujano.

–No es así como me lo cuenta mi madre –protestó Antonio–. Ella hizo cuanto estuvo en su mano para que te integrases en la familia, pero tú no pusiste nada de tu parte.

–Volvemos a lo de siempre –dijo Claire con un rictus de amargura–. La versión de tu madre frente a la mía, y tú sin decidirte a cuál de las dos creer.

Antonio se metió las manos en los bolsillos del pantalón para reprimir la tentación de estrecharla en sus brazos y someterla con sus besos. Él era dueño de sus emociones, siempre lo había sido. Necesitaba serlo para realizar en el quirófano aquellas operaciones tan largas y complicadas. Pero Claire tenía la virtud de exasperarle, de sacarle de quicio, como nadie. Cuando ella se ponía ofensiva, bastaban cinco minutos para hacerle hervir la sangre.

El hecho era que ella había solicitado el divorcio tan pronto puso él un pie en su país, dando así prueba de lo interesada que se había vuelto. Pero no estaba dispuesto a que ella se llevase la mitad de su herencia. Haría cualquier cosa para evitarlo. Ya se había llevado más que suficiente. Aún recordaba con indignación el día en que ella le había abandonado, no sin antes haberle pedido dinero a su madre.

Su apasionada y ardiente relación había dado un repentino giro cuando le había informado de que se había quedado embarazada. Pese a los recelos y dudas que siempre había tenido sobre sus verdaderos sentimientos hacia Claire, no había dudado ni por un instante en casarse inmediatamente con ella.

Aunque siempre le había dicho que le amaba, Antonio sospechaba que, en realidad, no se había enamorado de él, sino de su posición. Por lo poco que Claire le había contado, sabía que procedía de una familia humilde, en la que había tenido que sufrir todo tipo de privaciones. Las caras de infantil asombro que había puesto ella al presentarle a su familia y ver el nivel de vida que llevaban le habían resultado al principio divertidas, pero pronto se había dado cuenta de que él no representaba para ella más que el pasaporte hacia una nueva vida, una vida mejor que a la que estaba acostumbrada, una vida en la que cada nuevo día no fuese una lucha continua por la subsistencia. Y así habían sido las cosas hasta que el destino había entrado en sus vidas con su soplo más devastador.

Cada vez que Antonio pensaba en aquella época algo muy íntimo se le revolvía dentro. Había estado tan ocupado, tan absorbido por su trabajo... Su carrera de cirujano había sido extenuante y le había llevado la mayor parte del tiempo, resultándole casi imposible conciliar su vida profesional con la de esposo de una joven que había precisado las mayores atenciones para llevar adelante aquel embarazo no planificado. Su madre le había contado que había visto en más de una ocasión a Claire por la calle, con la bata de andar por casa. Era evidente que no había querido poner nada de su parte para llegar a ser la digna esposa de un cirujano. Sin duda, Claire había esperado hallar en Antonio un marido que estuviese pendiente de ella las veinticuatro horas del día, pero había resultado completamente distinto.

Él detestaba ahondar en sus sentimientos, pero tenía que admitir que si la hubiera querido al menos la mitad de lo que la había deseado sexualmente, las cosas hubieran sido probablemente muy diferentes. «Amor» era una palabra que no le gustaba emplear en relación a Claire o a cualquier otra mujer. Había llegado a la conclusión de que nunca se enamoraría de nadie.

El problema era que aún la quería. Nunca había dejado de quererla. Sentía una zozobra interior cada vez que estaba cerca de ella. Se le aceleraba la sangre por las venas cuando pensaba en los instantes de placer que ella le había proporcionado en aquellos años. Su falta de experiencia la había suplido con creces con su entusiasmo. Nunca había tenido una amante más satisfactoria. Había en su relación algo misterioso que le inducía a pensar que nunca se sentiría plenamente feliz hasta que consiguiera someterla de una vez por todas. Y ésa era una ocasión perfecta para intentarlo.

–Claire –dijo mirándola fijamente a los ojos–. ¿Por qué no dejamos de lado por una vez nuestro pasado y discutimos esto como personas maduras?

–Me cuesta entender qué tiene de madurez el que intentes obligarme a volver a entrar en tu vida cuando fuiste tú el que no quisiste que yo ocupase en ella el lugar al que tenía derecho –le respondió ella con una mirada cargada de desprecio–. Lo que realmente querías era un heredero, así que tan pronto como te fallé, te fuiste con la primera que pudiera dártelo.

Antonio contó hasta diez para sus adentros para controlar su arrebato antes de responder.

–Entiendo entonces que has decidido enviar a tu hermano a la cárcel. ¿Es así?

Claire se volvió de espaldas a él y cruzó los brazos sobre el pecho como si le sirvieran de escudo protector.

–Sabes muy bien que haría cualquier cosa para impedirlo, y éste es el as que pretendes usar conmigo –le respondió.

–Esto no es un juego, Claire.

–¿De verdad que no? –dijo ella, volviéndose de nuevo hacia él, en tono irónico.

–Tengo treinta y seis años –dijo Antonio tras un

breve suspiro–. Ya es hora de sentar la cabeza, pero no puedo hacerlo hasta que lo nuestro se haya resuelto definitivamente de una u otra forma.

Claire sintió una aguda punzada dentro de su pecho.

–Entonces… –notó sus labios resecos y se pasó la punta de la lengua por ellos para humedecerlos–. Entonces, ¿estás pensando en volver a casarte… tan pronto como estemos divorciados?

–Podría ser –respondió Antonio con gesto inexpresivo–. He estado pensando mucho en ello últimamente.

–¿Estás… –inició su pregunta Claire disimulando el nudo que sentía en la garganta–, estás pensando en tener hijos?

–Sí, como la mayoría de la gente de mi edad, tengo intención de tener uno o dos, si es posible.

–En ese caso, no acierto a entender qué haces aquí perdiendo el tiempo conmigo –dijo ella esforzándose por sostener la mirada de Antonio–. ¿No sería mejor que te buscases otra mujer, en lugar de intentar reformar a la que ya has tenido y nunca has querido?

–No recuerdo haber dicho nunca que no te quisiera –dijo él, con encendida expresión–. Todo lo contrario, no estarías ahora aquí si no fueras para mí el centro de mis deseos.

Claire sintió que sus ojos se abrían como platos y que el corazón le saltaba dentro del pecho.

–Entonces… entonces, ¿quieres decir que aún... me quieres… que aún me deseas… sexualmente?

Antonio esbozó una leve sonrisa, avivando aún más la turbación de Claire.

–No sé por qué te extrañas de ello, *cara* –dijo Antonio, empleando esa cariñosa expresión italiana que había acostumbrado a usar con ella en otro tiempo.

–La verdad es que encuentro todo esto ofensivo –dijo ella apartándose un poco, descontenta consigo misma por su reacción anterior–. No me has dirigido la palabra en estos cinco años, exceptuando un escueto e-mail al poco de nuestra separación, y ahora esperas que me arroje de cabeza en tu cama. ¿Qué clase de mujer te figuras que soy para que pueda aceptar algo tan deplorable como eso?

–Si no tienes en la actualidad ningún amante, ¿qué tienes que perder?

–¿Por qué supones que no tengo un amante? –dijo Claire ofendida–. ¿Has contratado acaso a un detective privado para investigar mi vida privada?

–No olvides que aún sigues legalmente casada conmigo –dijo Antonio–. Creo que tengo derecho a saber si mantienes alguna relación, especialmente si vamos a ser de nuevo amantes.

–Cosa que es mucho suponer. ¿Y qué hay de ti? ¿Cuántas mujeres has tenido desde nuestra separación?

–Alguna cita ocasional, nada de importancia.

Claire quería creerle, pero conociéndole como le conocía, le costaba trabajo imaginar que pudiera haber mantenido una abstinencia sexual durante cinco años. Antonio era un hombre apasionado y viril, que gozaba de muy buena salud, y con una iniciativa sexual que a ella la había dejado temblando en sus brazos en todas las ocasiones. Podía ahora percibir su potencia y virilidad, y cómo su sensual magnetismo la envolvía como una niebla invisible, que ella no podía ver pero sí sentir en forma de gotas de rocío sobre su piel. Era algo que no experimentaba con ningún otro hombre. Sentía sus senos pugnando por liberarse del sujetador y la erección de sus pezones recordando sus ardientes besos y caricias. Toda su intimidad se estremecía deseando llenar una y otra vez el vacío de su feminidad con la potencia con que Antonio estaba dotado y que la había llevado a la trágica situación que ella había querido enterrar día tras día a lo largo de los meses y años que había estado apartada de su lado.

Se sentía avergonzada en aquel momento de su debilidad. ¿Qué clase de ingenua estúpida sería si le concediera una segunda oportunidad para que volviese otra vez a traicionarla y romperle el corazón?

Él no había querido nunca que su relación con ella fuera otra cosa más que algo pasajero, pero su embarazo inesperado lo había trastocado todo. A ella le había costado casi un mes reunir el valor necesario para contárselo. Recordaba aún la impasibilidad y frialdad con que había recibido la noticia. Pero luego, con gran sorpresa para ella, había sido él quien había insistido en que se casasen de inmediato. Sólo más tarde había comprendido que no había sido porque sintiese amor por ella, sino porque había querido un heredero.

Claire siempre había sido consciente de que Antonio nunca la había tomado en serio tanto como ella a él. Había oído demasiadas veces, como para olvidarlo, el viejo dicho de que los italianos se acostaban con las extranjeras pero acababan casándose con sus compatriotas. Pero a pesar de todo, se había sentido inmersa en un cuento de hadas, con un hombre atractivo que la colmaba de agasajos y regalos, y que por si fuera poco, la había iniciado en los placeres del sexo. Todo era como si un sueño se hubiera hecho realidad para la tímida campesina australiana de Outback.

Claire había sido siempre muy precavida con los hombres en el pasado. No había querido caer en los mismos errores que su madre, embarazada y abandonada en plena juventud, pasándose la mayor parte de la vida buscando el amor en los sitios equivocados, y acabando teniendo otros dos hijos que ninguno de sus padres había llegado a reconocer legalmente.

Claire no había querido, como la mayor parte de sus amigas, pasarse el resto de su vida en el pueblo. Había ahorrado poco a poco el dinero conseguido en los tres empleos a tiempo parcial que se había buscado, con el propósito de matricularse en una academia de peluquería. Se había graduado con el número uno y se había pasado todo el año ahorrando dinero para hacer un viaje por el extranjero, para ver un poco de mundo antes de establecerse definitivamente para ejercer su profesión.

Pero entonces había conocido a Antonio.

Había entrado a cortarse el pelo, y como Riccardo, el elegante jefe del salón de belleza, estaba ya comprometido con dos clientes, por culpa de una equivocación de uno de sus aprendices, le había pedido a ella que atendiera a Antonio.

Claire había saludado con una sonrisa a aquel hombre, tan alto y atractivo, y se había presentado a sí misma con marcada timidez.

–Disculpe usted el error que hemos cometido en el libro de citas. Creo que Riccardo ya le ha dicho que voy a encargarme yo de su servicio, ¿verdad?

–No se preocupe –había dicho él–. ¿Es usted inglesa, *si*?

–No –había respondido ella, ruborizada–. Realmente soy australiana, de Sidney… bueno, la verdad, no de Sidney ciudad… sino de un distrito rural… ya sabe usted… vacas, ovejas… ese tipo de cosas.

–¡Ajá, Australia! –había dicho él sentándose en el sillón–. Tengo yo allí algunos familiares lejanos. De hecho, mi hermano menor ha estado allí varias veces, y yo también me he prometido ir a verlos alguna vez. Es la tierra de las oportunidades, ¿no?

Claire había extendido la capa por encima de los hombros de Antonio, increíblemente anchos, y había sentido de repente un escalofrío eléctrico al tocarle accidentalmente con los dedos por debajo de la barbilla.

–Ah... sí... creo que sí. Si se está dispuesto a trabajar duro –había dicho ella tratando de evitar que su mirada se cruzase, a través del espejo, con los ojos negros y profundos de su cliente.

–¿Habla usted italiano?

–Non parlo italiano –había respondido ella, como pidiendo perdón–. Pero me gustaría aprenderlo. He estado pensando en tomar algunas clases.

–Yo te daré una lección gratis si aceptas cenar esta noche conmigo.

Los dedos de Claire se habían deslizado delicadamente por el sedoso cabello de Antonio.

–No sé si Riccardo permitirá que el personal confraternice con los clientes.

–Lo permitirá si yo se lo digo –había dicho Antonio, muy seguro de sí mismo.

–¿Le importaría, por favor, acercarse al lavabo? –le había pedido ella, tratando de aparentar calma.

Antonio se había incorporado en el sillón. A Claire le había parecido un gigante.

–Riccardo debe de tenerte en muy alta consideración cuando ha dejado a uno de sus mejores clientes en tus manos. ¿Estaré a salvo?

Claire había respondido a su flirteo como lo hubiera hecho cualquier otra joven de su edad.

–Sólo si se comporta como es debido, *signor* Marcolini –había dicho ella con una sonrisa–. Nunca he tenido queja de ningún cliente, ni siquiera de los más exigentes.

–Seguro que no –había dicho él echándose atrás para que ella le lavara.

Tenía que enterrar el pasado y concentrarse en el presente. No quería recordar cómo había deslizado los dedos por sus cabellos, acariciándolos, masajeándolos, recreándose durante más tiempo del que había empleado con los demás clientes. No quería recordar cómo había aceptado salir a cenar con él, no sólo esa noche, sino también la siguiente. Y mucho menos quería recordar la forma en que él la había besado en la tercera cita, transportándola a un clímax de deseo que había acabado, poco después, dejándola desnuda en sus brazos, los dos cuerpos enlazados en la cama, y su ahogado lamento quejándose de forma callada de que le había hecho daño en su…

«No», se dijo a sí misma.

Aquélla había sido la primera vez que le había hecho daño, pero no la última. Y aunque no lo quisiese, se veía obligada a pensar en aquella última vez.

–Me cuesta mucho creer que hayas podido pasar estos últimos cinco años sin ninguna amante –le dijo, dejando aflorar sus dudas.

–Puedes creer lo que quieras –dijo él.

–¿Sabes, Antonio? Esta vez vas a tener que ingeniártelas de verdad si quieres llevarme a la cama.

–¿Tú crees? –le respondió él con una sonrisa desafiante.

–Y tus padres y tu hermano, ¿qué piensan de tu malvada estratagema para llevarme de nuevo bajo el manto protector de la familia Marcolini?

Una oscura sombra pasó fugazmente por delante de los negros ojos de Antonio.

–Desgraciadamente, mi padre falleció hace un par de meses –dijo con un hilo de emoción en la voz–. Le dio un ataque agudo al corazón. Demasiados cigarrillos, demasiado estrés, y demasiada poca atención, supongo, a los consejos de los médicos y a su familia –dijo, e hizo una breve pausa, mirando a Claire con aire de reproche–. Pensé que te habrías enterado por la prensa.

–Lo siento –susurró ella agachando respetuosamente la cabeza–. Tu madre debe de echarle mucho de menos. Todos debéis de echarle de menos....

–Mi madre hace todo lo que puede en estas circunstancias –dijo él tras hacer un nuevo silencio–. Mi hermano, Mario, se ha hecho cargo del negocio de mi padre.

Claire, sorprendida por la noticia, elevó de nuevo la mirada, clavándola en los ojos de Antonio.

–¿Qué? ¿Estás diciendo que tu padre no te dejó nada en su testamento?

–Mario y yo somos socios en el negocio –dijo manteniendo siempre fija su mirada, como era característico en él–. Pero debido a mis compromisos profesionales me he visto en la necesidad de dejarle la mayor parte de los asuntos de la empresa.

–Estoy segura de que a tu hermano no le agradaría nada saber que pretendes estar conmigo durante tu estancia aquí –dijo Claire mirando de lado.

–Ya he hablado con mi hermano, y me dijo bastante enfadado que piensa que soy un estúpido por considerar que aún es posible una reconciliación contigo. Él ha sido siempre de la filosofía de que una y no más. Yo soy un poco más… cómo diría… tolerante.

Claire ya se imaginaba que el hermano de Antonio, el joven playboy, le habría hablado mal de ella, sus padres habían hecho también lo mismo. Pero lo que no entendía era que Antonio les hubiera creído. La última escena que había tenido con su madre se le había quedado grabada para siempre. Claire había guardado en su bolso durante mucho tiempo el cheque que ella le había dado, lo había llevado doblado y arrugado, igual que su estado de ánimo cada vez que había rememorado que había sido despedida de la casa igual que un criado que no hubiese cumplido con las expectativas imposibles de satisfacer que le había impuesto su amo. Pero finalmente lo había hecho efectivo sin el menor remordimiento. A su modo de ver, había sido un dinero bien ganado.

–¿Cómo supiste que fue mi hermano quien se llevó tu coche? –le preguntó Claire con mirada inquisitiva–. Nunca llegaste a conocer a nadie de mi familia.

«Gracias a Dios», pensó para sí.

Con su humilde madre se habría comportado con amabilidad, pero no con sus hermanos, tan alejados de los exclusivos círculos en que se movía Antonio.

–Cuando le detuvo la policía, se identificó él mismo –dijo Antonio–. No tuvo ningún reparo en revelar que era cuñado mío.

Claire sintió una punzada en el estómago.

–¿Dónde está? –preguntó–. ¿Dónde está ahora mi hermano?

–Llegué con él a un acuerdo para que pasara unos

días con un amigo mío que dirige un centro para jóvenes con problemas en la Costa Sur.

–Quiero verle. Necesito saber que mi hermano se encuentra bien.

–Lo arreglaré para que puedas hablar con él por teléfono –dijo Antonio tomando su móvil.

Claire se mordía impaciente el labio inferior mientras escuchaba a Antonio hablando con su amigo. Cuando al fin le pasó el móvil, se volvió de espaldas para que él no viera la angustia dibujada en su cara ni escuchara lo que su hermano tuviera que decirle.

–¿Isaac? Soy yo, Claire.

–¿Qué pasa?

–Creo que sabes perfectamente lo que pasa –dijo apartándose unos pasos de Antonio y bajando un poco la voz para que no pudiera oírla–. ¿Por qué lo hiciste, Isaac? ¿Por qué de todos los coches que hay en el mundo tuviste que llevarte el de Antonio?

Escuchó la voz de Isaac con sus habituales expresiones barriobajeras.

–Odio el modo en que te trataba y pensaba que yo podría ayudarte. ¿Por qué tiene que ir ese bastardo millonario en una carroza de reyes mientras tú vas en ese cacharro? ¿No ibas a divorciarte por fin de él?

–La verdad es que estoy considerando… la posibilidad de… volver con él.

–¿Cómo? –le dijo su hermano hecho una furia–. ¿Por qué no me dijiste eso el otro día?

–¿Qué habría cambiado? –le preguntó ella.

Se produjo un breve silencio.

–Ya… quizá… no sé… parecías bastante dolida con el artículo y la foto ésa de la revista.

«¿Por qué no habré tirado aquella página a la basura?», pensó Claire.

–Mira, lo único que quiero ahora es que me prometas que te vas a portar bien y aproveches esta oportunidad.

–No tengo otra elección, aquí encerrado –gruñó Isaac.

–¿De verdad estás encerrado? –dijo Claire asustada.

–Bueno… en cierto modo sí –respondió él–. Esto es una especie de reformatorio para jóvenes, pero no está mal. La comida está bien y tengo una habitación con televisión para mí solo. El jefe quiere que le enseñe a hacer surf a un grupo de chavales. Me lo estoy pensando, no tengo nada mejor que hacer.

–Quédate ahí y haz todo lo que te digan –le suplicó Claire.

–Entonces ¿estás dispuesta seriamente a volver con ese Marcolini? –le preguntó Isaac.

Ella bajó la voz aún más para contestarle, pero incluso así parecía que el eco repetía amplificadas sus palabras por las paredes de la lujosa suite, de igual modo que lo había hecho con las groseras palabras de su hermano.

–Sí, estoy decidida a volver con Antonio y ser su esposa.

Capítulo 4

CLAIRE le devolvió a Antonio el móvil con cara de resignación.

–Parece que quieres ir derecho al asunto. ¿Nos acostamos ahora mismo? –dijo ella–. ¿O prefieres que te haga antes un striptease para que puedas demostrar el poder de tu dinero?

–No es necesario que te degrades a ti misma hasta ese punto –dijo Antonio echando fuego por los ojos–. Retomaremos nuestra relación física sólo cuando esté convencido de que es eso lo que los dos queremos. Pero por el momento lo único que veo son tus uñas deseando arañarme la cara.

Claire se sentía desconcertada sobre sus verdaderos sentimientos por Antonio. Muchas veces se había repetido a sí misma lo mucho que le odiaba, pero una vez delante de él veía con frustración cómo se evadía ese odio de su corazón. Unos nuevos sentimientos habían aflorado tímidamente dentro de ella, unos peligrosos sentimientos de necesidad y deseo. Los violentos latidos que oía dentro de su pecho le recordaban el fascinante poder de seducción que aún ejercía sobre ella.

–Así que… –dijo ella esforzándose por mantener una voz fría y distante–. ¿Se supone que durante estos tres meses de reconciliación tengo que trasladarme aquí contigo, o debo quedarme donde estoy?

–En este momento estás de alquiler, ¿verdad? –preguntó Antonio.

Claire se preguntaba cómo podría estar él tan enterado de todas sus cosas con la escasa relación que habían tenido en todo ese tiempo. A las pocas semanas de su ruptura él la había llamado y le había dejado varios mensajes en el móvil, pero ella los había borrado todos sin oírlos. También le había mandado varios e-mails sin que ella le hubiera respondido a ninguno. Al final, había decidido cambiar su número de móvil y su dirección de correo electrónico. Pese a todo, Claire estaba convencida de que, si realmente él quería localizarla, encontraría el modo de conseguirlo. Pero cuando hubieron pasado unos meses, y luego un año y otro, había acabado resignándose a aceptar que Antonio había desaparecido definitivamente de su vida.

–¿Claire?

–Sí… –dijo ella, regresando al presente–. Tengo alquilado un sitio en Glebe, cerca de la peluquería.

–¿Eres la propietaria del negocio?

–¿Qué? ¿Te crees acaso que a mí me llueve el dinero? –dijo ella molesta, frunciendo el ceño–. Por supuesto que no soy la dueña. Trabajo para una amiga, Rebecca Collins.

Antonio prosiguió con su velada investigación.

–Entonces, si ni siquiera eres socia del negocio y vives en un piso de alquiler, ¿qué es lo que hiciste exactamente con el dinero que te dio mi madre?

–¿Así que eso fue lo que te dijo ella? –replicó Claire con sus ojos azul verdosos despidiendo chispas de resentimiento.

–Sí, aunque no quería hablar del asunto, al final

acabó contándomelo un par de semanas después de irte –dijo él en tono inexpresivo.

–Lo tomé a modo de indemnización –dijo Claire–. Después de todo, ya no necesitabas mis servicios una vez que te habías liado de nuevo con Daniela Garza.

Antonio pasó por alto su irónico comentario para preguntarle:

–¿Es por eso por lo que rechazaste mi dinero, a pesar de que te lo volví a ofrecer por e-mail y por teléfono una y otra vez?

Claire le dirigió una nueva mirada acusatoria de castigo.

–¿Crees realmente que habría aceptado dinero de ti después de lo que me hiciste?

–Y por eso tuviste que ir a pedírselo, a exigírselo, a mi madre –dijo él con un gesto de desdén en los labios.

–¿Qué es lo que has dicho? –dijo Claire mirándole con los ojos como platos.

Pasaron tres segundos de tenso silencio antes de que Antonio respondiera.

–Creo que has oído muy bien lo que he dicho, Claire. Tú chantajeaste a mi madre para que te diera una buena suma de dinero a cambio de que no fueras a la prensa a contar cosas de nuestro matrimonio.

Claire le miraba como si estuviera escuchando a alguien hablando en otro idioma. Pero Antonio sabía lo manipuladora que podía ser Claire y sospechaba que planeaba sacarle todo el dinero que pudiera. Pero nadie que contemplara en ese momento a Claire, con sus grandes ojos, su aparente ingenuidad y timidez, su boca temblorosa y la palidez de su rostro, podría pensar en semejante maldad.

–No has respondido aún a mi pregunta –dijo Antonio.

–¿A qué pregunta te refieres? –replicó ella con rígido ademán, aunque en un tono tranquilo.

–¿Qué hiciste con el dinero?

–¿Qué crees tú que hice con él? –respondió al fin Claire tras un largo suspiro.

–Yo te lo hubiera dado, maldita sea, pero tú lo rechazaste –dijo Antonio, frunciendo el ceño y en tono de enfado.

Ella le dio la espalda antes de dar su explicación.

–La cosa era menos personal viniendo de ella. No quería tener nada que ver contigo.

–¿Pero qué hiciste con él?

Claire se volvió de nuevo. Tenía una expresión tan fría como la noche que hacía fuera.

–Me lo gasté en mí misma –dijo con una mirada cortante como el filo de una navaja–. Eso es lo que hacen las mujeres ambiciosas, ¿no?

Antonio respiró profundamente para tratar de recuperar el control. Claire le estaba provocando deliberadamente, como ya había hecho tantas veces antes. Sí, tenía pruebas de que ella había chantajeado a su madre, aunque ahora se empeñase en negarlo, pero también creía entender por qué veía ella el dinero como una indemnización en pago por no haber sido él para ella el marido que había esperado.

Antonio había llegado a un punto de su vida en que quería echar raíces y sentar la cabeza. La muerte de su padre también tenía mucho que ver en todo ello, por no mencionar el progresivo deterioro de su madre. Y, dado que su hermano, Mario, no tenía intención de formar una familia y proporcionar un heredero a los Marcolini, le había tocado a él la responsabilidad de tener que tomar importantes decisiones sobre su propio futuro. Pero no podía dar un paso sin antes dejar bien atados todos los cabos sueltos de su oscuro pasado. Dios sabía que se lo debía a su maravillosa niña, que no había tenido siquiera la oportunidad de ver la luz.

Antonio apenas podía controlar la avalancha de emociones que sentía cada vez que se le representaba aquella cara tan fina, tan perfecta, y sin vida. Él había ayudado a mucha gente a lo largo de su carrera médica. Había salvado vidas, había mejorado otras, había devuelto la salud y las ganas de vivir a gente que parecía muerta o que tenía la cara totalmente desfigurada. Y sin embargo, él no había estado allí cuando su hija y Claire más le habían necesitado.

Se torturaba pensando que de haber estado podría haber hecho algo. Claire se había ido a trabajar muy temprano. Él no había prestado atención a las señales que a ella le habían preocupado esa mañana. Había estado distraído, con toda su atención puesta en su agenda de trabajo. Una chica de sólo diecisiete años, que acababa de conseguir un importante contrato como modelo, y que se había visto desgraciadamente envuelta un par de semanas atrás en un terrible accidente de tráfico. Nunca había visto antes a nadie con tantos daños y lesiones. Había tenido que concentrarse en preservar durante la operación los principales nervios faciales, pues de su integridad había dependido el que la chica pudiera o no volver a exhibir de nuevo su radiante sonrisa ante las cámaras. Había sentido caer a chorros el sudor por su espalda, bajo su bata de operaciones. Se había pasado entre doce y trece horas trabajando en el quirófano con su equipo de especialistas para volver a poner aquella cara lo mejor posible, esperando, deseando, rogando que aquella chica pudiera vivir la vida que ella se había forjado.

Y lo había conseguido. Bianca Abraggio seguía siendo modelo. Su cara era una fortuna, su encantadora sonrisa estaba intacta y su vida marchaba sobre ruedas. La de Antonio, en cambio, estaba en el limbo.

–No recuerdo haberme referido nunca a ti como a una mujer ambiciosa –dijo él.

Claire levantó altiva el mentón mientras sus ojos destellaban como diamantes de color verde azulado.

–No necesitabas hacerlo. Tu familia me dejó bien claro lo que pensaba de mí.

–Mira –dijo Antonio, atusándose el pelo–. Admito que mis padres no estaban preparados para tener tan pronto una nuera. Yo estaba en mitad de mi período como médico residente y...

Ella le cortó.

–Ellos nunca me aceptaron. Pensaban que no era lo bastante buena para ti. Yo era una extranjera que ni siquiera sabía hablar su idioma. Y para qué hablar de mi particular acento australiano.

–Eso no es verdad –dijo él.

Había visto muchas veces a sus padres intentando a su manera ganarse la confianza de Claire, pero ella había adoptado una postura tan radicalmente independiente que les había hecho desistir.

–En todo caso, ellos no tenían nada que ver, la cosa iba conmigo. Y aún sigue siendo así.

–¿Qué quieres decir? –preguntó ella–. Yo no podría soportar volver a pasar por lo mismo otra vez.

He tardado mucho tiempo en apartar de mí aquella experiencia.

Antonio percibía su creciente frustración, pero no quería que se reflejase en el tono de su voz.

–Pues acostúmbrate a ello, Claire, porque tú y yo vamos a pasar los siguientes tres meses juntos. De lo contrario, serás responsable directa de haber mandado a tu hermano a la cárcel, que es donde debe estar.

–Pensaba que habías dedicado tu vida a salvar a los demás –dijo ella furiosa–. Si envías a mi hermano a prisión, firmarás su certificado de defunción. No durará un solo día allí dentro. Le dispararán, le golpearán, sé que lo harán.

–Entonces, no me obligues a hacerlo, Claire –dijo Antonio, sin que asomase la menor piedad en su mirada–. Porque lo haré si me obligas. En tus manos está, no lo olvides.

Ella le lanzó una mirada cargada de odio mientras tomaba su bolso de donde lo había dejado al entrar. Nunca se había imaginado que fuera posible odiar a alguien con tal intensidad, y menos a alguien a quien tanto había amado. Antonio era para ella ahora un desconocido, se había convertido en un hombre cruel, sin piedad, un hombre que había estado dispuesto a cualquier cosa por hacer su voluntad.

–¿Y cuándo tienes pensado dar comienzo a esta ridícula comedia? –preguntó Claire.

–¿Has cenado ya? –respondió él.

–Pues… no, pero no tengo hambre.

–Conozco un restaurante muy agradable a la vuelta de la esquina. Te propongo que cenemos juntos, así haremos más fácil nuestra reconciliación.

–No creo que pudiese probar bocado.

–Parece como si no hubieses comido nada desde hace días.

–¿Te queda alguna otra cosa más sobre la que te gustaría criticarme? –dijo Claire con una mirada cortante.

–Hay una cosa que me gustaría dejar muy clara desde el principio –dijo él–. Mientras estés sola, puedes decir lo que quieras de mí, pero cuando estemos juntos delante de otras personas, espero que actúes con la dignidad y el decoro que se le presupone a la que es mi esposa.

–Muy bien, eso es todo lo que va a ser –dijo ella muy seria dando un paso atrás–. Una actuación y nada más que eso.

–Habrá compensaciones, ¿no? Podrás salir un poco antes de tu trabajo para estar juntos mientras yo esté aquí.

–Puedes guardarte tus estúpidas compensaciones –contestó ella tan rígida como el palo de una escoba–. No voy a dejar mi trabajo por ti. Deseo mantener mi independencia.

–Si eso es lo que quieres, no me parece mal. Sólo pensaba que te vendría bien un descanso después de tantas horas de trabajo.

Claire era consciente de que tenía algo de ojeras y algunos kilos por debajo de su peso habitual, pero ¿por qué razón tenía él que hacer que se sintiese como un gusano?

–¿Te gustaría taparme la cabeza con una bolsa de papel cuando estemos juntos en público para que no me vean? –le preguntó Claire–. Sin duda, estoy muy por debajo del nivel de glamour de la legión de mujeres con las que te has acostado estos cinco años.

Antonio sostuvo su mirada desafiante un buen rato.

–Sólo era mi intención comentar el aspecto de estresada y cansada que tiene *il mio amato* –dijo él–. No veo razón para que todo lo que diga te parezca un insulto.

Claire hacía esfuerzos para que sus emociones no se reflejasen en su cara. Su corazón reconocía muy bien aquella cariñosa expresión. Desde luego, él no la había sentido al decirla. Nunca le había dicho que la amara. Nunca le había confesado lo que sentía por ella a excepción de aquel día al comienzo de su relación cuando su pasión y su deseo por ella habían sido tan ardientes.

Pero luego había dejado que ella se quedase llorando la pérdida de su bebé para buscar él consuelo en los brazos de otra mujer. Él siempre lo había negado rotundamente, y ella habría creído su versión de los hechos si no hubiera sido por Rosina, la madre de Antonio, que le confirmó la relación clandestina de su hijo.

–¿Y por qué tiene que ser esta noche? –preguntó Claire–. ¿Por qué no salimos a cenar mañana, o quizá pasado mañana?

–Porque no puedo –dijo él–. Mañana tengo una larga lista de operaciones. Además, sé muy bien lo que harás si te concedo un respiro. Lo más probable es que desaparezcas durante los próximos tres meses para evitar estar conmigo.

Claire apartó la mirada para que él no comprendiera lo acertado de sus sospechas. Había estado pensando en la forma de escaparse, calculando mentalmente el pequeño saldo que tenía su cuenta corriente para pagar los transportes necesarios para salir del país. Pero no podía dejar a Rebecca en la estacada, después de lo bien que se había portado con ella todos esos años.

–Sé lo que pasa por tu cabecita –dijo Antonio–. Preferirías andar sobre las brasas antes que pasar una noche conmigo, ¿a que sí?

Claire le miró sorprendida por la amargura de su voz. ¿Por qué mostraba de repente esa amargura? No había sido ella la que había destruido su matrimonio, sino él, y de forma irreparable.

–¿Esperabas que me pusiera a dar saltos de alegría cuando pretendes meterte por la fuerza en mi vida? –le preguntó ella.

–Ahora entiendo por qué has perdido peso –respondió Antonio–. Es sin duda por esa carga de rencor que llevas sobre tus espaldas.

Claire apretó el bolso con los dedos con tanta fuerza que sintió dolor.

–¿Acaso no tengo motivos para sentirlo? –preguntó–. ¿O es que crees que soy de cartón piedra como tú? No, yo tengo sentimientos, y muy profundos. No ha pasado un solo día sin que haya pensado en ella, lo mayorcita que estaría ahora, la cara que tendría, las cosas que haría y diría. ¿Has pensado tú alguna vez en ella?

La mirada de Antonio se nubló y una gran tensión afloró en su rostro.

–He pensado en ella –dijo con una voz temblorosa–. No te quepa duda.

Claire se mordió los labios hasta sentir el sabor amargo de la sangre. No quería venirse abajo delante de él. Si llegaba a conmoverla, sabía que se traicionaría; estaba segura de ello. Le rodearía el cuello con los brazos, se abrazaría contra su cuerpo en busca del calor y la fuerza que sólo él podía darle. Su carne volvería a la vida, cada célula de su cuerpo se estremecería con su poder de seducción, transportándola a otra órbita de sensualidad, haciéndole bajar la guardia hasta quedar indefensa frente a él.

Claire tomó aliento y fijó su mirada en la de Antonio.

–Supongo que una cena estaría bien –dijo–. No he comido, y me siento como si hubiera desayunado hace mucho.

Antonio tomó la tarjeta de seguridad del hotel y se la metió en un bolsillo de la chaqueta.

–No nos entretendremos demasiado, Claire, necesito descansar, aún tengo el desfase horario.

Ella se dio cuenta entonces del aspecto tan cansado que él tenía. Sus negros ojos aparecían enmarcados por oscuras sombras y las arrugas de las comisuras de su boca más marcadas de lo normal. Pese a todo, le veía tan seductor como siempre, quizá incluso más que nunca. Quizá fuese porque hacía mucho tiempo que no le veía. Había olvidado lo cautivadores que eran sus ojos de color chocolate, lo fascinantes que resultaban sus largas pestañas y la carnosidad de sus labios tan bien dibujados, cuya pasión y ardor había probado tantas veces.

Claire desvió la mirada de los labios de Antonio.

–Bueno y... ¿cómo es el restaurante? –preguntó ella conforme salían de la lujosa suite–. ¿Qué tipo de cocina tienen?

Antonio pasó detrás de ella para pulsar el botón del ascensor, y Claire, al sentirle tan cerca, creyó que el corazón se le salía del pecho. El suave vello de sus brazos electrizaba cada nervio de su cuerpo, haciéndola sentir como si la estuviera abrazando con ellos, como si sus manos le acariciaran los senos y sus sensuales labios besaran dulcemente los suyos mientras su cálida lengua jugaba una y otra vez con la suya. ¿Cómo podía sentir ella un deseo tan intenso por la sola cercanía de un hombre al que odiaba? ¿Cómo podía latir tan desenfrenadamente su corazón cada vez que su mirada se fundía con la suya?

El ascensor llegó silenciosamente y emitió un leve susurro al abrirse las puertas. Claire entró y se refugió en una esquina, a salvo de la tentación.

–Ven aquí, Claire –le ordenó Antonio.

Claire llevaba el bolso colgado por delante a modo de escudo de protección.

–¿Por qué? –preguntó ella–. El ascensor está libre, no hay nadie.

–En efecto, pero lo habrá en cuanto lleguemos a la planta de abajo. Así que es mejor empezar las cosas como es debido.

Claire le miró con el ceño fruncido y gesto suspicaz.

–¿Cómo puedes saber que habrá gente abajo esperándonos? –le preguntó.

–Me tomé la libertad de enviar esta mañana a primera hora un comunicado a la prensa –dijo él con toda franqueza.

Claire sintió cómo la indignación le subía por todo el cuerpo.

–Veo que estabas muy seguro de que acabaría aceptando esta farsa.

–De lo que estaba seguro era de que no te gustaría

ver a tu hermano en manos de la justicia –dijo Antonio con destellos en los ojos–. Y también estaba seguro de que lo harías por dinero.

Al oír esas palabras, Claire sintió una desesperación que la consumía. Le hacía mucho daño el que Antonio pensase tan mal de ella, y que durante todo ese tiempo la hubiese tomado por una simple oportunista ambiciosa, cuando, en realidad, lo único que había querido siempre de él era su amor. ¿Cómo podía estar tan equivocado con ella? ¿No se había dado cuenta de todo lo que le había adorado? Claire admitía que al principio se había dejado deslumbrar un poco por su posición social, pero conforme había avanzado su relación creía haberle demostrado con creces lo poco que su dinero y su fama significaban para ella. ¿Tenía el corazón tan duro e impenetrable que era incapaz de reconocer un amor verdadero cuando lo tenía delante?

–Ven aquí, Claire –le ordenó de nuevo, extendiendo la mano hacia ella, que seguía rígida con la espalda apretada contra la pared del fondo del ascensor.

Claire respiró hondo y aceptó su mano, luchando por evitar que sus dedos se enlazaran con los suyos. Sentía la mano de Antonio apretando con fuerza la suya. Sus manos habían sido una de las primeras cosas en las que se había fijado de él en aquel primer encuentro en el salón de belleza de Riccardo. Tenía unas manos grandes, fuertes y seguras. Tenía los dedos largos y finos. Llevaba las uñas muy bien cortadas y escrupulosamente limpias por los cientos de veces que se las lavaba por las operaciones.

Claire bajó la vista a sus manos entrelazadas y

sintió un ligero temblor. Aquellas manos de Antonio habían explorado cada milímetro de su cuerpo, habían conocido los lugares más recónditos de su intimidad femenina. Sus manos le habían enseñado todo lo que sabía sobre el sexo. Podía sentir su calor a través de la piel, derritiendo el hielo de su obstinado empeño en mantenerse alejada de él.

Las puertas del ascensor se abrieron y el flash de una cámara iluminó la cara de Claire. Confundida y deslumbrada unos segundos por el potente destello del flash, apenas pudo ver a la periodista que se precipitó sobre ella poniéndole un micrófono delante.

–Señora Marcolini –dijo la joven, forcejeando con Antonio que, tirando de la mano de Claire, avanzó hacia la puerta de salida–. ¿Es cierto que se está reconciliando con su marido después de su ruptura de hace cinco años?

Antonio, con educación pero con firmeza, apartó el micrófono de la cara de Claire.

–¿Le importaría dejar pasar a mi esposa?

La periodista se envalentonó con la actitud de Antonio y redirigió hacia él la pregunta y el micrófono.

–Señor Marcolini, es de dominio público que usted está aquí en Sidney por poco tiempo. ¿Significa eso que mantendrá la relación con su esposa sólo durante el período de su estancia con nosotros? ¿O tiene intención de llevársela a Italia una vez que haya concluido sus conferencias y compromisos médicos?

Claire, algo asustada y angustiada, miraba a Antonio. Pero él seguía tan frío y sereno como siempre, con su amable sonrisa siempre en su sitio, y su inescrutable mirada que impedía adivinar lo que podía pasar por su mente.

–Eso es un asunto entre mi mujer y yo –respondió–. Acabamos de solucionar nuestros problemas. Por favor, permítanos un poco de intimidad para que podamos avanzar en nuestra reconciliación.

La joven periodista no se desanimó por la concisión de la respuesta y volvió a la carga.

–Señor Marcolini, usted y su esposa sufrieron hace cinco años la desgracia de tener una hija que nació muerta. ¿Podría dar un consejo a esos padres que han pasado por la misma experiencia?

Claire sintió en su propia mano cómo crecía la tensión en los dedos de Antonio. Le miró otra vez. Sintió un nudo en la garganta y un dolor tan agudo en el pecho, que apenas podía respirar.

–La pérdida de un niño de cualquier edad es una tragedia –respondió Antonio–. Cada persona debe enfrentarse a esa situación de modo personal y a su debido tiempo. Por desgracia, no hay una regla universal.

–Y usted, señora Marcolini –dijo la periodista dirigiendo de nuevo el micrófono hacia Claire–. ¿Qué consejo daría usted a esos apenados padres, usted, que ha pasado personalmente por ese trance?

Claire vaciló antes de responder. Sabía que allí fuera había muchas mujeres como ella, que habían quedado desgarradas por la pérdida de su bebé, y que se agarrarían a cualquier palabra de consuelo que ella dijera.

–Bueno… simplemente... que mantengan la esperanza, algún día los avances médicos conseguirán que este tipo de desgracias sean algo del pasado. Y que recuerden que no es un fallo de la madre. Las cosas se complican, incluso en el último minuto. No deben culparse de ello... eso es lo más importante… no deben echarse la culpa…

Antonio, pegado a Claire, se abría paso a codazos por entre la multitud y el lío de cables y cámaras.

–Sigue adelante, *cara*. Esto acabará en un día o dos.

–No acierto a ver por qué nuestra situación suscita tanta expectación. ¿Qué trascendencia puede tener el que reanudemos o no nuestra relación?

Salieron del hotel. Antonio caminaba a buen paso por la acera, con Claire a su lado, muy pegado a ella, camino del restaurante donde había hecho la reserva.

–Quizá en Australia no –dijo él–. Pero sí en Italia. Hay reporteros repartidos por todo el mundo que estarían dispuestos a difundir cualquier tipo de chisme o cotilleo sobre cualquier cosa que hagamos Mario y yo, especialmente ahora que llevamos el timón del imperio Marcolini.

–¿Cómo le va a Mario ahora? –preguntó Claire, no por el interés que pudiera tener en el hermano de Antonio, sino, más bien, por reconducir la conversación a otros asuntos–. ¿Sigue flirteando con toda mujer que se le cruza por delante?

–Ya conoces a mi hermano –dijo Antonio sonriendo con una mueca–. Le gusta trabajar duro y divertirse. Creo que últimamente está interesado por alguien, una chica australiana, creo, alguien que conoció la última vez que estuvo aquí, pero parece que ella se resiste a sus encantos.

–¿Por qué no prueba con un poco de violencia o con un chantaje? –dijo ella–. Me parece que ambas cosas corren con abundancia por las venas de los Marcolini.

Antonio se volvió hacia ella y la agarró con fuerza por la parte de arriba de los brazos de forma que no pudiera escapársele.

–Te he dado a elegir, Claire –dijo él clavando su mirada en la suya–. Tu libertad o la de tu hermano. A ti te parece eso un chantaje, yo lo veo como una oportunidad para arreglar lo que un día estropeamos.

Claire sacudió a uno y otro lado los brazos para desprenderse de él con un gesto de desagrado, como si Antonio le pudiese haber contagiado algo malo.

–No sabría decirte en qué nos equivocamos, Antonio –dijo ella–. Yo sólo fui para ti una diversión pasajera, alguien que te calentaba la cama de vez en cuando. No te involucraste emocionalmente en nuestra relación hasta que me quedé embarazada. El bebé era un premio y en cuanto desapareció, yo también tuve que irme.

Antonio apretó y aflojó los dedos con los que había sujetado antes la mano de ella. Podía sentir la sensación de cosquilleo corriendo por su piel.

–Creo que cumplí con mis responsabilidades contigo lo mejor que pude, pero a ti nunca te pareció suficiente. La mayoría de los hombres en mi lugar no lo habrían hecho. ¿Has pensado alguna vez en eso? Estuve a tu lado apoyándote en todo, pero tú querías que yo fuera algo que no soy y que nunca podría ser.

Claire comenzó a temblar. Antonio le había levantado la voz. Sus ojos verde azulados comenzaron a humedecerse haciéndole parecer un bruto sin sentimientos. ¿Cómo diablos lo conseguía? Una mirada suya, un simple movimiento de su barbilla, eran suficientes para que sintiese en sus entrañas los desgarradores golpes de la culpabilidad atacándole una y otra vez.

Antonio suspiró profundamente, tomó otra vez la mano de ella y se la llevó a los labios.

–Perdona, *cara* –dijo él con ternura–. No me quiero pelear contigo. Se supone que estamos reconciliándonos, ¿no?

–Hay cosas que no tienen arreglo, Antonio –dijo ella apartando la mano.

Antonio abrió la puerta del restaurante, echándose a un lado para que pasara Claire.

«Ya veremos», pensó para sí entrando detrás de ella.

Capítulo 5

CUANDO minutos después estaban ya sentados a la mesa con unos panecillos tostados, la bebida y un platito con aceite de oliva virgen, Claire comenzó a sentirse más aliviada, viendo el interés que se tomaba Antonio para que se sintiese a gusto. Su actitud hacia ella había cambiado desde los momentos tan tensos de antes.

Su encuentro con la prensa le había alterado mucho más de lo que ella hubiera creído. Antonio estaba muy acostumbrado a manejarse con las incisivas preguntas de los paparazzi, pero esa vez había percibido cierta tensión en él cuando había intentado protegerla. Claire se había sentido conmovida por ello y se había preguntado si los motivos de su reconciliación no serían quizá más nobles de lo que ella había imaginado en un principio.

Cuando el camarero llevó lo que habían pedido, Antonio miró a Claire fijamente.

–¿Te sientes culpable, Claire?

Ella apretó los labios y desvió la mirada a las burbujas que subían verticalmente por su botella de agua con gas.

–No creo que exista una madre en todo el mundo que no se sienta culpable por la muerte de su hijo –dijo con tristeza.

Antonio alcanzó su mano sobre la mesa, enlazando sus largos y finos dedos con los suyos.

–Debería haberte buscado algún tipo de asesoramiento psicológico –dijo él con voz profunda y apenada.

–¿Habrías venido tú también a las sesiones? –le preguntó ella mirándole de nuevo a la cara.

Antonio desvió los ojos a su vaso.

–Yo estoy acostumbrado a tratar con la vida y la muerte, Claire –dijo volviendo a fijar su mirada en ella–. Perdí a mi primer paciente, o al menos al primero que tenía directamente a mi cargo, cuando apenas era un joven residente. Fue algo inesperado, no fue un fallo mío, pero me sentí culpable. Quise dejarlo todo. Pensé que no estaba capacitado para seguir adelante. Pero mi tutor me llevó aparte y me tranquilizó, haciéndome comprender que un cirujano no era Dios. Nosotros hacemos lo que podemos para salvar una vida, pero a veces las cosas salen mal. Hay cosas que no podemos controlar.

–¿Elegiste por eso cirugía plástica en vez de cirugía general? –dijo Claire, pensando por qué no se lo había preguntado antes.

–Nunca había estado interesado en la cirugía plástica como tal. Comprendo que mucha gente no se sienta feliz con el físico que Dios le ha dado, y me parece bien que busquen ayuda allí donde lo juzguen apropiado, pero nunca me he visto haciendo rinoplastias, aumentos de pecho o liposucciones. El trabajo de reconstrucción es lo que siempre me ha apasionado. Ver a alguien desfigurado por un accidente o un defecto de nacimiento reclamando su lugar en la vida es algo que me resulta muy motivador.

–He visto en tu página web algunos de los trabajos que has hecho –dijo Claire–. La comparación de las imágenes de antes y después es verdaderamente sorprendente.

–Me sorprende que te hayas interesado por esas cosas –dijo Antonio con expresión entre irónica y risueña, con su vaso de vino en la mano–. Pensaba que lo único que querías era perderme de vista y olvidarme para siempre.

–Pues ya ves –dijo ella haciendo un mohín–. De ser el médico residente, agobiado de trabajo, que eras cuando nos conocimos, a lo que eres ahora, un líder mundial en cirugía de reconstrucción.... Vaya, ha sido un salto tan grande en tu carrera que creo que no lo habrías conseguido si me hubiera quedado contigo.

–Me parece un punto de vista muy negativo de tu parte –dijo Antonio, con el ceño fruncido–. Los primeros años de mi carrera fueron muy sacrificados, Claire, ya lo sabes. Sucede así en todas las profesiones de responsabilidad. Tienes que recorrer un camino muy difícil antes de obtener tu recompensa.

–Supongo que algunas de esas recompensas, además de las económicas, son esas legiones de mujeres que te siguen por todas partes –dijo ella con resentimiento.

–Veo que estás dispuesta a volver a la lucha en cuanto tienes la menor ocasión, ¿eh? Bien, sigue con tu lucha, si es lo que te gusta, pero, por favor, aquí y ahora no. Me niego a intercambiar insultos contigo en la mesa de un establecimiento público.

Claire apretó las manos por debajo de la mesa, sentía un desagradable vacío en el estómago.

–No veo por qué tengo que mudarme de casa para estar contigo –dijo con gesto nervioso–. Creo que sería suficiente con salir de vez en cuando para ver cómo van las cosas.

–Vamos, Claire –dijo él, con una sonrisa irónica–. Has compartido mi cama y mi cuerpo en el pasado. Estoy convencido de que no te será difícil volver a hacerlo, teniendo en cuenta además el beneficio económico que sacarás de ello.

Claire apartó los ojos de la mirada burlona de Antonio. Se sentía disgustada por la mala opinión que tenía de ella. La estaba tratando como a una materialista, como a alguien dispuesta a acostarse con él sólo por lo que pudiera sacar del acuerdo.

–No quiero tu dinero –dijo muy seria–. Nunca lo he querido.

Antonio, enfadado, dejó el vaso de vino tinto en la mesa con tanta fuerza que salpicó por todas partes, y estuvo a punto de derramarse por la mesa.

–Eso no es del todo cierto, ¿eh, Claire?

Ella volvió a apretar las manos con más fuerza aún que antes, intentando sostener su mirada acusadora.

–No quería tu dinero, quería tu tiempo, pero tú estabas muy ocupado para dármelo.

–Te di el que podía, Claire –dijo él con amargura–. Sé que no fue suficiente. Sé que nunca estuve a tu entera disposición, mis pacientes tanto antes como ahora son los que tienen ese privilegio. A la mayoría de los especialistas verdaderamente dedicados a su carrera les pasa lo mismo. Trabajamos con la vida de la gente, tenemos sus vidas en nuestras manos. Es una gran responsabilidad, pues todos ellos son el hijo o la hija, el marido o la mujer, el hermano o la hermana de alguien.

–¿Y qué hay de tu hija, Antonio? –dijo ella rompiendo a llorar–. El especialista que me recomendaste que viera no consiguió llegar a tiempo, y tú tampoco. Me sentí decepcionada. Dejasteis entre los dos que muriera nuestro bebé.

Antonio odiaba volver a dar vueltas al asunto. Ya lo habían tratado repetidas veces en el pasado y no habían llegado a nada. Todo lo que conseguirían sería reabrir viejas heridas mal cicatrizadas.

–Déjalo, Claire –dijo él–. Tenemos que olvidar el pasado y mirar al futuro. Es nuestra única esperanza si queremos que las cosas vayan bien a partir de ahora.

Claire apartó a un lado el plato que apenas había tocado.

–Nosotros no estaríamos aquí sentados si yo no te hubiera pedido el divorcio. No podías aceptar que yo lo hubiera pedido primero, como tampoco pudiste soportar que fuera yo quien te dejara a ti y no al revés. Y ahora te atreves a utilizar a mi hermano para chantajearme y que me vaya contigo. No me puedo creer que te hayas vuelto tan despiadado.

–Tu hermano no tiene nada que ver con esto –dijo Antonio–. Iba a llamarte de todos modos para proponerte que nos diésemos un período de prueba. Él sólo me facilitó la forma de asegurarme de que aceptaras.

Claire se quedó en un silencio sepulcral, preguntándose si creerle o no. Antonio había intentado llamarla, después de tanto tiempo sin haber dado señales de vida. Claire empezaba a preguntarse si tendría relación con la muerte de su padre. ¿Habría encontrado Antonio algún otro motivo después para encadenarla a su lado? Las sospechas habían empezado a despertarse en su mente. Recordó el odio con que Antonio la había mirado mientras había estado hablando con Isaac, y cuando le había preguntado si su padre había repartido su patrimonio entre su hermano, Mario, y él. Estaba empezando a pensar que Antonio haría cualquier cosa antes que repartir sus bienes, incluso reconciliarse con su fugitiva esposa, si fuera necesario.

–Claire, siempre has estado en mis pensamientos todos estos años. Cuando me ofrecieron venir a Australia, pensé que sería la ocasión perfecta para tratar de salvar lo que quedó de nuestra relación. Tú nunca me habías presionado para conseguir el divorcio, por lo que me pareció que cabía la posibilidad de que pudieras sentir aún algo por mí.

–Pues estabas equivocado –dijo ella echando la servilleta a un lado, y sintiendo su odio correr a toda velocidad por las venas–. No siento nada por ti.

–Eso no es verdad, *cara* –dijo él, sosteniendo sin pestañear la mirada cáustica de Claire–. Sientes muchas cosas por mí. Ira y odio, por nombrar sólo dos de ellas.

–¿Y no son suficientes para echar al traste tu plan? –dijo ella con una voz tan afilada como un cuchillo.

–No, mientras me quede un hilo de esperanza –repuso él con ademán de intransigencia–. Y la única forma de encontrarla es empezar de inmediato, esta misma noche.

Claire sintió pánico.

–¿No querrás decir que pase la noche contigo? No, no estoy preparada todavía. Es demasiado pronto.

Antonio la miró con la sonrisa triunfante del jugador que va a descubrir en la mesa un póquer de ases.

–¿Quieres romper nuestro acuerdo? –le preguntó, tomando el móvil–. Puedo llamar ahora mismo a Frank y decirle que la policía estará allí en media hora para arrestar a tu hermano y presentar cargos contra él.

Claire se apretó las manos bajo la mesa nuevamente.

–No, por favor –dijo con voz ahogada–. No hagas eso… yo… iré contigo.

–No te obligaré a hacerlo, Claire. ¿Es que crees que no tengo sentimientos?

Ella apretó los labios por unos segundos antes de contestarle.

–No estoy segura… Somos casi unos extraños en este momento.

–Podemos llegar a ser amigos incluso siendo extraños –dijo él–. ¿No te parece que eso sería ya un avance en nuestro acuerdo?

–No nos puedo imaginar mandándonos tarjetas navideñas y noticias por e-mail. Además, venimos de mundos muy diferentes. Sinceramente, no sé en qué estaría pensando cuando acepté salir contigo aquella primera vez.

–¿Por qué no me hablas entonces de tu mundo? –dijo él–. Apenas me has hablado de cuando vivías con tu familia. Ni siquiera quisiste que vinieran a nuestra boda, aunque me ofrecí a pagarles los billetes de avión. Nunca he visto una sola foto de ninguno de ellos.

Claire se sonrojó.

–Son mi familia, y les quiero –dijo, consciente de que sus palabras sonaban demasiado defensivas–. No son perfectos. Pero la vida no ha sido fácil para ninguno de ellos. En particular, para mi madre.

–¿Cómo está? –le preguntó–. Me contaste muy pocas cosas de ella.

Claire se frotó con los dedos el puente de la nariz, pensando por dónde empezar.

–Tuvo una vida difícil. Perdió a su madre siendo pequeña. Desorientada y sin consejo de nadie, se quedó embarazada a los dieciséis años. Abandonó al bebé como tantas otras chicas en su misma situación, buscó el amor en los sitios equivocados. Tuvo un hijo en cada una de sus relaciones, pero ningún padre responsable. Dado que yo era la mayor y la única chica, recayó sobre mí desde muy niña la responsabilidad de hacer de padre y madre. Mi hermano Callum, algo rebelde en su adolescencia, ha madurado, pero Isaac me preocupa. Es un poco impulsivo a veces. Actúa antes de pensar.

–Es joven, se corregirá si se le enseña el camino correcto –dijo Antonio–. Frank Guthrie será un buen tutor para él. Es un hombre recto y serio. Creo que es precisamente lo que tu hermano necesita.

–¿Dónde conociste a ese Frank? –preguntó ella–. No recuerdo habértelo oído mencionar antes.

–Operé a su hermano Jack hace año y medio. Fue víctima de un accidente de tráfico, un choque frontal a las afueras de Roma. Sufrió multitud de heridas en la cara. Tuvimos que colocarle algunas placas y tornillos en la frente y en las mejillas, y reconstruir las cuencas de los ojos. Él estaba feliz por haber sobrevivido al accidente. Nadie pensaba que saldría adelante, aun aceptando que saliera con la cara desfigurada y llena de cicatrices. Así conocí a Frank, que había venido en avión para estar con su hermano. Frank pasó mucho tiempo en el hospital, de modo que tuve ocasión de charlar y tomar café con él después de mis rondas de visita por la sala.

–Debe de ser muy reconfortante ver a la gente recuperarse de algo como eso –dijo ella–. Tus padres… quiero decir, tu madre… debe de estar muy orgullosa de ti.

–Mi padre me dejó muy claro el primer día que le dije que iba a estudiar Medicina que él habría preferido que hubiera tomado las riendas del negocio. Y recuerdo a mi madre quejándose continuamente de todas las horas que pasaba trabajando. Pero siempre, que yo recuerde, he querido ser cirujano.

Claire tomó su vaso de agua.

–¿Cómo se las arregla tu madre después de la muerte de tu padre?

–Hace lo que puede, dadas las circunstancias.

Claire estaba ahora aún más convencida que antes de que la muerte de su padre tenía mucha relación con el empeño de Antonio por reconciliarse con ella. Tendría, como primogénito, sus expectativas sobre la fortuna del padre. Se requeriría un heredero. Pero difícilmente podría tenerlo mientras siguiese casado legalmente con ella.

El divorcio podía ocasionar problemas y tener demasiada difusión en la prensa. Antonio, con las prisas por casarse con Claire en cuanto ella le informó de que estaba embarazada, no había tenido tiempo de registrar las condiciones legales de su matrimonio. No estaba al tanto de cómo funcionaban las leyes matrimoniales en Australia. Ella sería titular de una considerable parte de su fortuna, incluyendo la que hubiese heredado a la muerte de su padre, a pesar de que hubiesen estado viviendo separados durante tanto tiempo.

Claire se puso a jugar con el borde del mantel de la mesa, tratando de no demostrar ninguna expresión para que él no viera lo confusa que estaba. Todo sería diferente si ella le amase todavía. Volvería con él sin dudarlo. Pero su amor por él había muerto el día en que le había visto en los brazos de Daniela Garza.

Miró a Antonio. Su corazón comenzó a perder el ritmo conforme su mirada se sumergía en sus ojos negros. Era una sensación que había percibido a lo largo de toda la tarde mientras había estado junto a él. El cuerpo de Claire reconocía al de Antonio. Nunca había conocido tanto placer ni antes ni después. Cuanto más se torturaba imaginando los apasionados momentos que él habría vivido con tantas otras mujeres, más consciente era de su deseo creciente por ella. Podía verlo en la forma prolongada con que clavaba en ella sus ojos, en la forma posesiva con que sus dedos se enlazaban con los suyos, transmitiéndoles su calor. No, no quería acordarse de todo lo que había gozado en sus brazos. Quería bloquear esos recuerdos. Eran demasiado dolorosos para conservarlos.

Y eran también demasiado peligrosos.

–¿Has acabado ya de jugar con la comida? –le preguntó Antonio.

Claire dejó sobre la mesa el tenedor que había estado usando para dar vueltas al *risotto* con marisco que había intentado probar inútilmente.

–Creo que no tenía tanta hambre como pensaba.

Antonio sacó la cartera de su bolsillo e hizo una seña al camarero. Dejó su tarjeta de crédito sobre la mesa antes de que le llevaran la factura.

–Te concederé una noche de indulto, Claire. Vete

a casa y duerme bien. Si me dejas una llave de tu piso, te enviaré mañana a alguien para el traslado. Llevará las cosas a mi suite. No te preocupes por el alquiler durante los próximos tres meses, yo me encargaré de eso. De lo único que tienes que preocuparte es de volver a tu papel de esposa.

Claire pensaba, cuando volvía a su piso minutos después, en la naturalidad con que Antonio lo había dicho: todo lo que tenía que hacer era meter sus cosas en un par de maletas y regresar con él como si nunca hubiera pasado nada.

¿Cuántas noches pasarían hasta que Antonio la viese deslizarse entre las sábanas de su cama?

Capítulo 6

A LA MAÑANA siguiente, el salón de belleza estaba atestado de gente que no hacía más que mirarla. Era como si la ciudad entera hubiera leído la noticia de su reconciliación con Antonio. Todos le expresaban su enhorabuena y los mejores deseos para el futuro. Claire no pudo más que sonreír y rezar por que nadie se diera cuenta de la fragilidad de aquella mentira.

Había preferido no contarle a Rebecca los detalles. ¿Cómo podía decirle a su mejor amiga que había vuelto con Antonio porque le había hecho chantaje?

Pero Rebecca no era tonta. La miraba como si supiera la verdad, como si no se hubiera creído nada.

–Claire, ¿seguro que estás haciendo lo correcto? –le preguntó–. Quiero decir... Por lo que dicen las revistas, va a estar aquí sólo unos meses. ¿Qué pasará cuando llegue agosto y se marche? ¿Quiere que vuelvas con él a Italia?

Claire se mordió los labios mientras echaba un poco de agua en la tetera que tenían en la pequeña cocina de la parte de atrás.

–No hemos llegado a hablar de eso –respondió–. Hemos pensado que lo mejor es vivir el momento y ver cómo salen las cosas.

–De modo que en cualquier momento puede pedir el divorcio y largarse, ¿no?

–Mira, sé que puede resultar extraño, pero ambos creemos que vale la pena intentarlo. Como él mismo dice, la primera vez estábamos en su tierra, y todo fue difícil para los dos, o, al menos, lo fue para mí. Ahora todo es diferente. Si lo intentamos, podremos averiguar si queda algo por lo que merezca la pena luchar, si queda algo bueno...

–Claire... –dijo Rebecca apretándole el brazo con cariño–. Si necesitas tiempo para esto, no te preocupes. Puedo pedirle a Kathleen que ocupe tu puesto. Ahora que su hijo ha empezado a ir a preescolar, tiene más tiempo libre.

–Gracias, Bex –dijo ella sonriendo–. De momento no es necesario. Ya veremos cómo se desarrollan los acontecimientos.

En cuanto el último cliente salió del salón de belleza, Antonio apareció en la puerta. Fue verle y su corazón empezó a latir con fuerza.

Consciente de que Rebecca estaba a su lado, se preguntó si debía saludarle con un beso o no. Había pasado cinco años recordando sus besos. Nadie la había besado jamás como él. Ni siquiera había sido capaz de imaginarse a sí misma besando a otro hombre.

Antonio se acercó a ella lentamente, tomó su mano y la besó en los labios con dulzura. Cuando abrió los ojos, estaba mirándola fijamente, y ella se pasó la lengua por los labios, ávida de más besos.

Volvió a inclinarse sobre ella y volvió a besarla, esa vez con más firmeza, con la suficiente dosis de pasión como para que todo el cuerpo de Claire se excitara.

–Ejem... –tosió Rebecca de forma diplomática para recordarles que no estaban solos.

–Oh... Lo siento, Bex –murmuró Claire–. Se me ha olvidado presentaros. Antonio, ella es Rebecca Collins. Bex, te presento a Antonio Marcolini, mi... mi marido.

Antonio tomó la mano de su amiga esbozando una sonrisa.

–Me alegro mucho por vosotros –dijo Rebecca–. Parece que os va muy bien. Ya le he dicho a Claire que si quiere un poco de tiempo libre para pasarlo contigo, que no se preocupe. Además, necesita unas vacaciones. Trabaja muy duro.

Antonio atrajo a Claire a su lado con un brazo.

–Estoy deseando pasar tiempo con ella –comentó él–. En cuanto termine la primera parte de la gira de conferencias que tengo comprometidas, nos iremos a algún sitio cálido y muy íntimo.

Claire hizo todo lo posible por disimular la excitación que le causaba pensar en pasar una noche entera con Antonio a solas.

Nunca habían tenido una verdadera luna de miel. Claire había pasado los meses siguientes a la boda entre vómitos y náuseas, mientras Antonio se había dedicado a estudiar para sus exámenes finales. Recordando aquel tiempo, se maravilló al darse cuenta de que habían sido capaces de aguantar un año entero juntos. Incluso sin la tragedia que había supuesto la muerte del bebé, todo había sido desastroso. Al principio, Antonio se había mostrado atento con ella, demostrando su deseo de tener aquel bebé. Pero después, poco a poco, se había ido alejando, y ella, en respuesta, había empezado a demandarle más, a necesitar más de él, lo que sólo había provocado que él se alejara aún más de ella. Habían entrado en un círculo vicioso sin fin. Y, cuando finalmente la niña había muerto, Antonio permitió que se fuera sin apenas protestar. Eso era lo que más le había dolido. No había luchado por ella. Había esperado en vano que fuera detrás de ella hasta Australia. No lo había hecho.

Hasta ahora.

Unos minutos después, Claire guió a Antonio hasta el lugar donde había aparcado el coche.

–¿Éste es tu coche? –le preguntó él frunciendo el ceño.

–Para mí es suficiente –respondió con frialdad–. Me lleva a donde quiero ir.

–Claire, si tenías problemas de dinero, ¿por qué no me lo dijiste?

–No quería nada de ti. Sólo quería continuar con mi vida.

No, no le había pedido dinero, pero a su madre sí, a ella sí se lo había exigido. Iba a pasar con ella tres meses. Antes o después, descubriría qué había hecho con él.

Mientras observaba su coche, que desde luego no era precisamente un último modelo, pensó que, según las apariencias, Claire llevaba la vida típica de una persona de clase baja. No poseía ningún piso, no tenía ningún negocio y trabajaba a tiempo completo como peluquera. Vestía de forma correcta, pero sin hacer ningún exceso. Ninguna de sus prendas era de marca ni era de temporada.

–Te prohíbo que conduzcas este cacharro –dijo él quitándole las llaves antes de que pudiera insertarlas en la cerradura de la puerta.

–¡Dame mis llaves! –protestó ella.

Antonio se las metió en el bolsillo, le sujetó los brazos y la obligó a caminar con él hacia su coche.

–Le diré a alguien que venga a buscarlo. Tendrás un coche nuevo en la puerta del hotel mañana mismo.

–No quiero un coche nuevo –insistió Claire resistiéndose–. No quiero nada de ti.

–Si me da la gana comprarle a mi mujer un coche, lo haré –replicó él–. Por el amor de Dios, Claire, ese coche es una trampa mortal. ¿Tiene airbag?

–No, pero...

–¿Lo estás haciendo a propósito?

–¿Cómo dices?

–¿Es que no te imaginas lo que publicaría la prensa si te viera conduciendo ese cacharro? Maldita sea, Claire... He ayudado a reconstruir rostros de personas que tuvieron accidentes en coches mejores que el tuyo.

–Mi coche no es un cacharro –protestó de nuevo–. Pasó la inspección hace unos meses.

Antonio sacó el mando a distancia y abrió las puertas de su coche.

–¿Y qué hiciste para conseguirlo? –le preguntó con ironía–. ¿Le hiciste alguna proposición indecente al mecánico?

–Sólo a alguien como tú se le hubiera ocurrido una sandez como ésa –respondió ella con los ojos llenos de ira.

–No pienso seguir discutiendo por este asunto –replicó él abriéndole la puerta del acompañante–.

No vas a volver a montarte en ese coche, fin de la historia.

–Si crees que comprándome un coche vas a conseguir que me acueste contigo, no sólo vas a perder mucho dinero inútilmente, sino también el tiempo.

–Podría meterte en el asiento de atrás de este coche y tenerte gimiendo sobre mí en cuestión de segundos –dijo él con arrogancia.

–Antes tendrías que drogarme –replicó ella, aunque estaban empezando a traicionarla los nervios.

–Será un placer hacer que te tragues esas palabras –dijo él riéndose.

Claire se sentó con un gesto de desprecio, pero, en su interior, estaba temblando de deseo. Cuando Antonio se puso al volante y la miró, creyó que iba a consumirse en el fuego que la abrasaba. ¿Cómo podía ser tan débil? ¿Cómo podía estar tan cerca de caer en aquella pasión letal? ¿Es que no había aprendido la lección? La estaba utilizando para proteger su dinero. Pensaba más en su herencia que en ella. Siempre lo había hecho. ¿Qué más pruebas necesitaba? No podía dejarse llevar, no podía permitirlo.

No en aquel momento.

Nunca.

Atravesaron la ciudad hasta llegar al aparcamiento del hotel. Uno de los mozos abrió la puerta de Claire mientras otro esperaba a que Antonio saliera del coche.

Tomando la mano de Claire, Antonio la llevó a su suite del ático.

–Tranquila, Claire –le dijo cuando estuvieron dentro–. No voy a lanzarme sobre ti, por mucho que me tiente la idea.

Claire se estremeció cuando él se quitó la chaqueta y vio sus anchos hombros y la fortaleza de su pecho.

–Trajeron tus cosas hace un rato –dijo Antonio dejando su chaqueta sobre un sofá–. Ordené que las pusieran en el vestidor de mi dormitorio.

–¿De tu dormitorio? –preguntó Claire alarmada–. ¿Esperas que...? ¿Esperas que duerma contigo?

–Para ti no supone un problema, ¿verdad?

–¡Claro que sí!

–Es una cama muy grande. Ni me enteraré de que estás a mi lado.

–Hombre, muchas gracias –replicó ella resentida–. Es todo un elogio.

Antonio la miró con ojos sarcásticos y se acercó a ella.

–¿Buscas un cumplido? –le preguntó–. Aquí tienes uno.

Y la besó apasionadamente, moviendo sus labios con ardor. Claire no pudo evitar responder. Separó los labios y dejó que su lengua recorriera cada rincón de su boca, que la explorara, que la saboreara, dejándola sin respiración.

–¿Te sientes deseada ahora? –le preguntó él dejando de besarla.

Claire le miró incapaz de decir nada. Sus labios todavía estaban húmedos, y su corazón agitado. No podía apartarse de él, no podía alejarse. Estaba pegada a él, sintiendo su erección contra su vientre.

Entonces, le vio inclinarse de nuevo, descender lentamente hasta volver a posar sus labios en los suyos. El beso suave que le había dado segundos antes se había convertido en otro más apasionado, un beso que estaba despertando la pasión que había guardado durante cinco años. Sentía la erección de él cada vez con más intensidad.

El beso se volvió todavía más ardiente. Sus lenguas estaban enzarzadas en un combate a muerte. Sus pechos estaban erguidos y duros, como esperando que él los rodeara con sus manos y los saboreara.

Antonio le desabrochó los botones de la blusa uno por uno sin dejar de besarla. Claire ya no era consciente de nada, sólo del calor que corría por su cuerpo. Cuando llegó al último, deslizó las manos hasta la cintura y ascendió poco a poco. Claire se estremeció al sentirlas sobre su piel. Le desabrochó el sujetador y lo dejó caer.

Antonio tomó con las manos sus pechos desnudos y apretó sus pezones. Claire cerró los ojos, llevada por el placer. Sintió que él dejaba de besarla, que agachaba la cabeza y que empezaba a saborear sus pezones con la lengua. El cuerpo de Claire estaba agitándose, diciendo a voz en grito lo que ella se negaba a confesar. Un calor abrasador estaba consumiéndola, el aire estaba desapareciendo... Estaba a punto de explotar.

Antonio estaba disfrutando de sus pechos, excitándola sin piedad, y ella estaba entregada al placer, desesperada por recibir más, ofreciéndole todo su cuerpo.

–¿Me deseas, *cara*? –murmuró él.

Claire no podía hablar.

–Quiero oírtelo decir, *mia moglie poco passionale* –dijo en italiano–. Quiero que digas que me deseas.

–Te deseo –dijo ella sin dudar–. Oh, Dios... Te deseo.

Los ojos de Antonio brillaron con la satisfacción de la victoria. En lugar de seguir besándola, se apartó de ella levemente y, dándose la vuelta, fue al minibar.

–¿Quieres beber algo?

Claire le miró sin poder hablar, tapándose sus pechos desnudos con las manos. Sentía como si el corazón se le hubiera salido de su sitio. No podía haber planeado nada más eficaz para demostrar lo débil que era con él.

–No, gracias –dijo intentando abrocharse los botones de la blusa con las manos temblando.

Era imposible. No podía hacerlo.

–Espera... –dijo él acercándose de nuevo a ella–. Déjame hacerlo a mí.

El corazón de Claire latía desbocado mientras Antonio, despacio pero con seguridad, le abrochaba cada uno de los botones.

–Sucederá, Claire –dijo él–. Sucederá antes o después –añadió pasándole la mano por el cuello, como si quisiera demostrar, otra vez, el poder que tenía sobre ella.

Claire no dijo nada. No podía rebatirlo después de lo que acababa de pasar. Se excitaba al pensar en las palabras de Antonio. «Sucederá». ¿Cuántas miles de veces había sido en el pasado esclava del deseo? Bastaba una sola caricia, una sola mirada, para nublarle la vista.

–En realidad, el sexo nunca ha sido un problema entre nosotros, ¿verdad? –preguntó él.

Claire prefirió no decir nada. Ya había sido suficientemente humillada como para reconocer abiertamente cómo le deseaba. Aunque sabía que, si Antonio quería, no podría resistirse, tenía que ponérselo lo más difícil posible.

–Estábamos bien juntos, ¿verdad? –dijo él tomándola de la cintura y atrayéndola hacia él–. Más que bien. ¿Te acuerdas de las maravillas que solías hacerme con la boca?

Claire se estremeció al recordar el pasado, las cosas que él le había enseñado, cosas que nunca había soñado que haría con nadie.

–Para ya... –susurró–. No sigas...

–¿Parar qué?

–Estás intentando destruir mi orgullo. Para ti es sólo un juego. Lo único que quieres es que admita que todavía te deseo para que puedas dejarme otra vez.

–¿Quieres que te recuerde algunos de nuestros momentos más gloriosos? Nunca he podido olvidarlos. Es mirar esa boca tan sensual que tienes y entrarme ganas de desabrocharme los pantalones y ponerte de rodillas.

–Para ya –dijo ella llevándose las manos a los oídos–. Déjalo ya. No servirá de nada.

Antonio tomó sus manos, las apartó y la atrajo todavía más cerca, hasta que sus vientres estuvieron pegados.

–¿De qué tienes miedo, *cara*? ¿Es que temes descubrir que no me odias tanto como crees?

Claire no contestó. Se limitó a cerrar la boca, como defendiéndose.

–La verdad es que no me odias –continuó Antonio–. Lo que odias es darte cuenta de que todavía me deseas.

–Te odio –dijo ella apartándose–. Te acostaste con...

–Maldita sea, Claire... ¿Cuántas veces voy a tener que decirte que no pasó nada?

–Tu madre me lo contó todo –respondió ella–. Me dijo que habíais sido novios y que habíais pensado en casaros. Que yo había arruinado tu vida quedándome embarazada. Me dijo que, de no haber sido por eso, nunca te habrías casado conmigo. Me dijo que tu matrimonio con Daniela había sido arreglado desde hacía años.

Antonio se puso tenso. Había terminado la relación con Daniela dos meses antes de conocer a Claire. Daniela se lo había tomado bien, había comprendido que debían dejar correr las cosas. Había entendido su necesidad de centrarse en su carrera. Nunca había estado enamorado de ella, y ella de él, por lo que sabía, tampoco.

El día en que Claire les había visto juntos, había estado tomando una copa con un amigo. Al salir del local, Daniela le había visto. Se había acercado a él y le había preguntado cómo le iban las cosas, ya que no había sido un secreto para nadie que tenía problemas con Claire después de la muerte del bebé. Daniela le había apoyado y, como se habían conocido mucho tiempo atrás, había comprendido mejor que Claire su forma personal de afrontar el dolor por el bebé.

En ese momento, Daniela le había dado un abrazo y Claire les había visto. Daniela había desaparecido diplomáticamente, y él había tenido que acudir al hospital por una urgencia, sin tener la oportunidad de aclarar lo sucedido. Para cuando había regresado a casa, más de doce horas después, Claire ya había hecho las maletas y se había ido.

En cuanto a lo que había contado sobre la conversación con su madre, no tenía forma de comprobarlo. Lo que sabía era que Claire le había pedido una elevada suma de dinero y, en cuanto su madre le había extendido el cheque, se había largado. Había ido al aeropuerto y se había subido al primer avión disponible.

Durante los meses siguientes, había intentado ponerse en contacto con ella, pero ella no había respondido a una sola de sus llamadas. Y eso le había puesto furioso. Su orgullo le había impedido ir tras ella, aunque no había pasado desde entonces un solo día sin lamentarlo. Finalmente, había aceptado los hechos consumados. Al iniciar ella los trámites de separación, sin embargo, todo había vuelto a revivir en su cabeza, y se había dado cuenta de que seguía habiendo asuntos pendientes, asuntos que debían solucionar de una vez por todas, pero, en esa ocasión, a su manera.

–Quizá entendiste mal a mi madre –le dijo–. Su inglés no es muy bueno.

–Yo sé lo que oí, Antonio. Además, tu madre habla inglés perfectamente ¿Por qué no la llamas y le preguntas qué me dijo aquella noche? Vamos... llámala y pregúntaselo. Y pon el manos libres. Estoy segura de que, si sabe que estoy presente, no tendrá valor suficiente para mentir.

–No voy a montarle un circo como ése a mi madre, y menos ahora –dijo Antonio–. Desde la muerte de mi padre no está muy bien.

–Vosotros los italianos sabéis cómo protegeros los unos a los otros, tengo que reconocerlo. Y a los Marcolini se os da mejor que a nadie.

–Esto no tiene nada que ver con mi familia, Claire,

sino contigo y conmigo. No quiero subir a nadie a un estrado. Sólo conseguiría empeorar las cosas.

–¿Y qué hay de Daniela? ¿Has hablado con ella últimamente?

–La verdad es que no. Se casó hace un año con un amigo de uno de mis primos que vive en la Toscana. Está embarazada. No sé de cuánto está, pero creo que está a punto de dar a luz. No he hablado con ella desde el funeral de mi padre.

Claire intentó reprimir el dolor que sentía cuando alguien le hablaba del embarazo de otra mujer. ¿Es que no se daban cuenta del riesgo que corrían? ¿Cómo podían estar tan seguras de que todo iba a salirles bien? ¿Por qué no cuidaban más su alimentación? ¿Por qué no hacían algo más de ejercicio, en lugar de estar tumbadas todo el día? Ella había hecho todas esas cosas y, aun así, no había servido de nada. En lugar de un bebé, tenía una urna con cenizas que había llevado en su regazo en el vuelo desde Italia hasta Australia.

–Si mi madre te informó mal sobre mi verdadera relación con Daniela, lo siento mucho –dijo Antonio–. Lo único que puedo decir en su defensa es que, probablemente, era consciente de que nuestro matrimonio estaba en la cuerda floja y quiso animarte a tomar una decisión.

Claire pensó en la justificación de Antonio. A primera vista, parecía razonable. Las cosas entre ellos no habían sido fáciles en sus últimos meses juntos. En más de una ocasión, habían discutido delante de toda la familia de él. ¿Y si Antonio tenía razón? ¿Y si lo había malinterpretado todo? Quizá, Rosina Marcolini, preocupada por lo que veía, dolida por ver a su nuera infeliz, había llegado a la conclusión de que Claire ya no estaba enamorada de su hijo y le había ofrecido la salida más fácil. Evidentemente, después de marcharse, le habría dicho a su hijo que había sido ella quien le había pedido el dinero.

En cualquier caso, ¿cómo saber la verdad después de tanto tiempo? La única manera era hablar cara a cara con la madre de Antonio.

–Aquella noche no viniste, y yo deduje que estabas con ella, con Daniela –dijo Claire.

–¿Es que no te acuerdas de que recibí una llamada urgente? Cuando llegué y me di cuenta de la gravedad del caso, le pedí a un compañero que llamara para avisarte de que iba a llegar tarde. Me dijo que lo intentó varias veces y que siempre estaba apagado. Al final, le dije que no lo intentara más. Tenía que concentrarme en la operación que estaba realizando. El paciente necesitaba toda mi atención.

Claire recordó la ira que había sentido aquella noche. Recordó que había apagado su móvil.

–Volví a las seis de la mañana y ya te habías ido –le dijo Antonio tomándola de la mano–. Al principio, pensé que te habrías ido a casa de alguna de las amigas que habías hecho en clase de italiano. Pero, cuando pasaron las horas, comprendí la verdad. Llegué al aeropuerto justo cuando despegaba tu avión. Estaba más furioso de lo que había estado nunca en mi vida. Como tenía muchas operaciones comprometidas, decidí dejarte marchar. Pensé que pasar un tiempo con tu familia te ayudaría a ver las cosas con más calma, pero no fue así. Te negaste a responder a mis llamadas, y entonces me di cuenta de que todo había terminado. Tú seguiste con tu vida y yo con la mía.

Claire observó la mano de Antonio entrelazada con la suya. Aquella aventura de tres meses no tenía ninguna garantía. Antonio no había expresado deseo alguno de extenderla más allá de ese tiempo. Además, estaba en un país extranjero, en un país donde no tenía a mano ninguna de sus habituales amantes. ¿Qué mejor manera de matar el tiempo que llamar a su ex mujer?

Toda aquella historia estaba planeada con el objetivo de servir a sus propios intereses. El divorcio sería muy costoso para él. Tener una relación temporal con ella le ayudaría a mejorar su imagen y, al mismo tiempo, a encontrar una manera de evitar perder su preciada herencia.

–Hiciste lo correcto al dejarme seguir con mi vida –dijo Claire–. Los dos necesitábamos empezar de nuevo.

–Puede ser, pero... Cinco años es mucho tiempo.

–A mí se me han pasado volando.

–¿Cuántos amantes has tenido? –preguntó apretándole la mano.

–¿Qué tiene que ver eso contigo?

–Me gustaría saber si te diste mucha prisa en reemplazarme –respondió él, cada vez más tenso.

–¿Por qué quieres saberlo?

–¿Has tenido sólo aventuras efímeras o ha habido algo más serio? –insistió él.

–No ha habido nada serio –confesó ella–. Y, ahora, déjame, me estás haciendo daño.

Antonio se dio cuenta de que era verdad y la soltó.

Claire se apartó de él y pensó en el ataque de celos que acababa de presenciar. ¿Sentiría él algo por ella después de todo? ¿Era tan malo sucumbir, por una vez, al deseo? Llevaba demasiado tiempo conviviendo día a día con la tristeza y la soledad. Hacer el amor con Antonio tal vez la ayudaría a recuperar la magia de la vida, podría hacerle sentir especial otra vez, podría hacerle disfrutar.

Ella lo deseaba. Y él también.

Le miró fijamente.

–No, Claire –dijo Antonio adivinando sus intenciones–. Así no, no de esta manera.

–¿Por qué no? Creía que el fin de todo esto era llevarme a la cama lo más rápido posible.

–No voy a negar que me gustaría volver a tener relaciones sexuales contigo, Claire, pero, si me dejara llevar ahora mismo, mañana por la mañana me odiarías.

–Vaya... ¿Ahora tienes escrúpulos? Quién lo hubiera dicho...

–Será mejor que te duches y te cambies de ropa –dijo Antonio apartándose de ella–. Esta noche tenemos que ir a una gala benéfica. Es una fiesta formal. Tienes una hora para prepararte.

–¿Esperas que vaya contigo?

–Como haría toda buena esposa. Y no quiero ningún escándalo en público, ¿entendido?

Claire no dijo nada.

–Te he preguntado si lo has entendido –dijo él alzando un poco la voz.

–Te odio, Antonio –replicó ella–. Recuérdalo esta noche mientras sonriamos a las cámaras como dos hipócritas. Te odio.

–Y tú piensa en todo lo que me vas a odiar cuando te tenga de rodillas suplicando, preciosidad –dijo él.

Claire abandonó el salón hecha una furia y se refugió en el baño. Pero, incluso cuando el agua de la ducha empezó a caer sobre su cuerpo, fue incapaz de olvidar las palabras de Antonio. Le quemaban igual que una profecía maldita. Se odiaba a sí misma por seguir deseándole, por acordarse de él cada vez que una gota de agua se derramaba sobre sus senos.

Cerró el mando de la ducha y agarró una toalla tomando una decisión. Le demostraría que en cinco años se había convertido en una mujer adulta y con experiencia. Le demostraría que ya no era la chiquilla ingenua que había conocido en Italia. Antonio creía que iba a poder acostarse con ella cuando quisiera, pero ella no estaba dispuesta a perder la guerra sin luchar hasta el final.

Capítulo 7

ANTONIO estaba sentado, echando un vistazo a unos documentos, cuando ella salió del dormitorio, casi tres cuartos de hora después. Claire sintió que la recorría con la mirada de arriba abajo, examinando su elegante peinado, la perfección de su suave maquillaje y la caída de su ajustado vestido de noche, de color rosa fucsia que realzaba la textura de su piel y de sus ojos verde mar.

Antonio dejó los papeles a un lado y se levantó.

–Estás preciosa, Claire, pero creo que se te ha olvidado algo.

Claire frunció el ceño y comprobó con las manos si llevaba puestos los pendientes.

–¿Qué? –dijo ella desconcertada.

–No te has puesto el anillo de boda, ni siquiera el de prometida –dijo él tomándole la mano izquierda.

Claire sintió un vacío en el estómago.

–Ya no los tengo –respondió ella, sin atreverse a sostener su mirada.

Antonio le puso un dedo en la barbilla, casi sin rozarla, y la miró fijamente.

–¿Los vendiste? –preguntó con un brillo de ira en el fondo de sus ojos.

–No –respondió ella pasándose la punta de la lengua por el brillo de labios–. Me los robaron al poco de volver de Italia. Entraron en el piso, rompiendo la cerradura, mientras estaba en el trabajo. Fue lo único que se llevaron. La policía dijo que los ladrones fueron probablemente sorprendidos por algún vecino y salieron corriendo.

Claire sintió el dedo de Antonio en su mentón unos angustiosos segundos más.

–¿Estaban asegurados contra robo? –preguntó él.

–No... No me lo podía permitir...

–Eso no es verdad, Claire. Claro que te lo podías permitir, o si no, ¿qué hiciste con el dinero que te dio mi madre? ¿En qué te lo gastaste?

–¿Tú qué crees? –dijo ella desafiante.

Antonio dejó caer la mano del rostro de ella como si temiese tocarla.

–Si no nos vamos ya, llegaremos tarde –dijo sin más.

Claire le siguió hasta los ascensores. Hubo un silencio tenso durante la bajada. Al abrirse las puertas, Antonio le pasó el brazo por los hombros y se dirigieron hacia la salida, donde les esperaba la limusina. Claire estaba furiosa, pero al pasar sonrió amablemente al empleado de la recepción y al conductor. Interpretar el papel de esposa reconciliada iba a ser mucho más difícil de lo que se había imaginado. Había dentro de ellos tanta amargura, tantas desconfianzas y resentimientos...

Dentro del coche, Antonio se echó un poco hacia delante para cerrar la mampara de separación con el conductor. Al acomodarse de nuevo en el asiento, rozó levemente la pierna de Claire, que se desplazó al otro lado como impulsada por un resorte.

–No te parecía tan repulsivo hace apenas una hora, Claire –le dijo con una mirada de reproche que la hizo estremecerse.

Ella le miró altiva, tratando de quitarle importancia a su reacción anterior. Antonio sonrió sin ganas cuando ella se arrimó hasta que sus piernas se tocaron y la tomó de la mano. Claire se echó atrás al sentir el contacto. Él miró preocupado las pequeñas marcas que tenía por toda la muñeca y que él le había hecho antes sin querer.

Su sonrisa desapareció. Tomó la otra mano de Claire con delicadeza y la miró con ternura.

–¿Yo te he hecho esto, Claire?

Claire sentía los dedos de Antonio en su mano como plumas de ave acariciando los leves moratones de su muñeca. Su ojos eran tan oscuros y su mirada tan intensa, que sus pupilas se habían dilatado hasta ocupar por completo el espacio de los iris. Su corazón comenzó a latir a un ritmo desenfrenado y sintió una opresión en el pecho.

–No es nada... –dijo con voz temblorosa–. Me tropezaría probablemente yo sola con algo.

–Perdóname –dijo él, con voz grave y profunda–. Se me había olvidado lo delicada que eres.

Claire se quedó sin respiración cuando él se llevó sus muñecas a la boca y las besó. El suave bálsamo de sus besos la conmovió mucho más que todas las palabras de disculpa que le pudiera haber dicho. Sus labios se movían como una mariposa revoloteando por su delicada piel, eran un delicioso tormento de los sentidos que le hacía comprender lo indefensa que era cuando estaba con él.

Antonio le soltó las manos y la miró tiernamente

preguntándole si le había hecho daño. Ella movió la cabeza a uno y otro lado. No se sentía con fuerzas para hablar. Pestañeó un par de veces con rapidez para tratar de reprimir las lágrimas. Así era Antonio, el hombre del que se había enamorado locamente hacía años. ¿Qué podía hacer ella para resistirse, si para dominar su voluntad no empleaba él la fuerza sino la ternura?

–Tenemos que dejar una cosa clara, Claire. Sé que crees que he hecho esto sólo por mi conveniencia, pero tenemos que estar los dos muy seguros de adónde queremos llegar.

Claire creía saberlo. Había recorrido ya la mitad del camino: se había vuelto a enamorar de él, había vuelto a sus brazos, soñando con gozar otra vez aquella felicidad de entonces. Pero…

Casi podía palpar la realidad. Él no la quería. Nunca la había amado de la forma que ella deseaba ser amada. A su madre tampoco la habían amado nunca así, a pesar de sus tres intentos desesperados por conseguirlo. ¿Estaba Claire enfrentándose a ese mismo destino? ¿A una vida de esperanzas frustradas? ¿Se estaban convirtiendo sus sueños de juventud en un polvo tan espeso como aquél que cubría las carreteras de Outback en donde se había criado?

La limusina se detuvo en un centro de convenciones de las afueras de la ciudad. La prensa se presentó allí enseguida para captar el instante en que Antonio Marcolini y su esposa iban a salir de nuevo juntos del vehículo.

Claire pensaba que había disimulado bien su preocupación, pero cuando vio fugazmente su mirada entre el bullicio de la gente, se dio cuenta de que no le había engañado ni por un instante.

Antonio le ofreció el brazo y ella se colgó de él con una sonrisa que le costó trabajo esbozar.

–¿Tenemos que hacer esto? –susurró ella con una amarga mueca–. Todos nos están mirando.

–Tenemos que hacerlo, *cara*. Necesitamos cuidar nuestras relaciones sociales.

Claire dio un leve resoplido de resignación, encogiéndose de hombros, y se dirigió con él hasta la entrada del centro de convenciones. Por alguna razón, estaba segura de que él no se había estado refiriendo a la glamurosa tarde que iban a pasar, sino más bien a la noche que…

Les llevaron a una mesa que estaba frente al salón de baile. Había otros invitados sentados a ella que se levantaron para saludar a Antonio con mucha educación, para luego saludar a Claire afectuosamente, entre sonrisas.

Sirvieron las bebidas en cuanto se sentaron. Claire se llevaba a los labios, sin demasiado entusiasmo, la copa de vino blanco que pidió, entre la animada conversación de la mesa. Sonreía en los momentos adecuados e incluso decía una o dos cosas que contribuían a la atmósfera general de cordialidad, pero seguía sintiéndose fuera de lugar. Ella no pertenecía a aquel mundo. ¿Qué hacía allí con Antonio, entre sus colegas y amistades? Nunca había formado parte de ese círculo. Sin embargo, sentada allí, algo la transportó con una fuerza brutal a los tiempos pasados. Escuchando a una de las mujeres de la mesa contar las últimas travesuras de su pequeño, sintió como si un cuchillo le traspasase el pecho. Su mente se pobló de los terribles momentos vividos tras el parto de su bebé, el horrible silencio, los apagados susurros, las agónicas miradas, la espantosa evidencia de que las cosas no iban como debían.

–¿Claire?

Claire se dio cuenta de que Antonio la estaba llamando.

–¿Quieres bailar?

Ella se pasó la punta de la lengua por la leve capa de su brillo de labios.

–¿Bailar?

Antonio sonrió. Ella aceptó, juzgando que era lo correcto en atención a todos los que estaban con ellos, mirándolos con indulgencia.

–Sí. Me parece recordar que bailabas muy bien.

Luego bajó la vista y miró la copa que tenía en la mano, con expresión algo retraída.

–Hace años que no bailo.

–No importa –dijo Antonio, tomándola de la mano y llevándola con mucha cortesía a un lado de la pista–. Éste es un vals lento. Lo único que tienes que hacer es arrastrar los pies al compás de la música y dejarte llevar.

¡No tenía ella otra cosa mejor que hacer que arrastrar los pies! Pero después de un rato se relajó, sintiendo los brazos de Antonio alrededor suyo mientras la llevaba al ritmo de aquella música lenta y sensual. Cada paso parecía recordarle lo bien que se adaptaban sus cuerpos, la perfecta unión entre ambos, la naturalidad de todo ello, los movimientos adelante y atrás tan acompasados como si sus cuerpos hubieran sido programados para responder de esa manera. Sus piernas se movían en completa sintonía, y luego, en el giro, la falda de su largo vestido dibujaba en el aire un brillante arco de rosa intenso.

–¿Lo ves? –le dijo él, sonriendo–. Es como montar en bici, ¿*si*? Es algo que nunca se olvida.

Sus caderas se movían tan juntas una de la otra que difícilmente se podría pasar un pañuelo de seda entre sus cuerpos. Sentía la excitación del cuerpo de Antonio y la íntima presión de su carne masculina, llevándola al deseo de su posesión una y otra vez. Trataba de convencerse de que sólo era algo físico: él era muy viril, ella una joven llena de vida, y la química que les había unido la primera vez había despertado de nuevo. El sexo con un antiguo amor o con un desconocido era algo común. La familiaridad de la relación, unida al aliciente de lo prohibido, hacían irresistible el impulso de volver a hacerlo, unas veces de modo elemental, otras desenfrenado. Claire sentía ahora esa tentación; era como un latido profundo en su cuerpo, un deseo sexual del que no podía escapar por mucho que lo intentase.

–Te noto tensa –dijo Antonio, recorriendo con sus manos la espalda de ella mientras la música tocaba a su fin, y un tema aún más lento y romántico sonaba en su lugar–. Relájate, *cara*, toda la gente nos está mirando.

¿Cómo podía relajarse con las manos de él resbalando de esa forma por la sensible curva de su espalda? Sentía como si cada uno de sus nervios estuviese en estado de máxima alerta, esperando primero el contacto y luego el deslizamiento de la siguiente caricia. Su vientre se estremecía y un escalofrío recorría todo su cuerpo cuando su mirada se cruzaba con sus intensos ojos negros.

–No estoy acostumbrada a estar con tanta gente –dijo ella–. Comparada contigo, llevo una vida muy tranquila.

Antonio dejó reposar la barbilla sobre la cabeza de Claire, mientras se movían al compás de la música.

–No hay nada de malo en llevar una vida tranquila –dijo él–. A veces me gustaría que la mía no fuese tan acelerada.

Se sentía tan a gusto en sus brazos... Era como si aquél fuese su lugar y no ningún otro. La pena era que no estaba segura de cuánto tiempo podría permanecer allí. Él parecía muy interesado en solucionar los problemas que habían tenido en el pasado, pero los motivos para hacerlo eran bastante sospechosos.

Era tan difícil decir lo que Antonio estaba pensando, lo que estaba sintiendo... Había puesto mucho empeño en ocultar bien sus cartas. Ella, en cambio, llevaba el corazón al descubierto y eso le había ocasionado muchos perjuicios. Se había hecho demasiado vulnerable a él desde el principio, y ahora sentía como si estuviera a punto de hacerlo de nuevo. Él sabía que la tenía en la palma de la mano. Sabía que ella no haría nada que pudiera poner en peligro el bienestar de su hermano. Ésa era su carta ganadora, y ella era demasiado cobarde para hacer frente a ese farol por más que lo quisiese.

Pero Claire sospechaba que, incluso sin la amenaza de entregar a Isaac a la policía, ya estaba demasiado implicada con Antonio para liberarse de sí misma. No podía olvidar la tensión en que había vivido por culpa de la presunta relación de él con Daniela Garza. Pero… ¿y si no había sido cierto? ¿Y si había arruinado las vidas de ambos dejándose llevar sólo por un impulso de rencor? Lo que más echaba en cara a su hermano Isaac era precisamente la cosa que más odiaba de ella misma: actuar antes de pensar. ¿Cómo sería capaz de perdonarse a sí misma si se hubiese equivocado?

Antonio, protegiéndola con sus brazos, la llevaba habilidosamente por la pista de baile para evitar que tropezasen con otras parejas.

–Pareces preocupada, *cara* –dijo él–. ¿Pasa algo?

Claire se mordió el labio inferior, y una vez relajada miró a Antonio.

–Si era verdad que no estabas manteniendo una relación con Daniela, ¿por qué no te acostaste conmigo después de que perdiéramos al bebé? No viniste nunca a mi lado, ni una sola vez.

La expresión de Antonio se volvió tensa, como si tiraran de su piel miles de cuerdas invisibles.

–Eso fue porque pensé que era mejor dejarte descansar por unos días, sin que te molestaran las llamadas intempestivas del hospital por la noche. Quedó claro al poco tiempo que tú ya no querías volver a estar conmigo. Parecía que querías echarme la culpa de todo. Me habías condenado ya al margen de lo que hice, o de lo que dije o dejé de decir.

Claire sentía que la oscura caverna de su dolorosa amenaza se abría para tragársela entera de nuevo. Él tenía razón, le había condenado por distanciarse. Pero... ¿no había hecho ella lo mismo? Había estado tan perdida, tan traumatizada por la pérdida, que se le había hecho muy cuesta arriba acercarse a él en busca de consuelo. Lo había deseado muchas veces, pero cuando él se había ido a dormir al cuarto de invitados o se había quedado trabajando toda la noche en el hospital, ella se había echado en la soledad de la cama que nunca habían compartido y había llorado hasta ponérsele los ojos rojos e hinchados.

Nunca le había visto derramar una sola lágrima por su hija. Sabía que cada persona expresaba su dolor de una forma diferente, pero Antonio y su familia se habían comportado de la misma manera en la muerte del bebé. Habían continuado sencillamente con sus vidas como si nada hubiera pasado. A excepción del primer día, después de salir Claire del hospital, nunca hablaron del bebé, al menos en presencia de Claire. Había habido un pequeño bautizo en el hospital, pero no había habido funeral. Los padres de Antonio no lo habían considerado apropiado, y ella, en el abismo de su dolor, había estado de acuerdo con la decisión porque no había querido enfrentarse al desgarrador drama de ver el pequeño ataúd camino de la iglesia. Sólo después, ya de nuevo en Australia, había sentido la necesidad de dar a su hija un lugar mejor para descansar.

La música había dejado de sonar, y Claire aprovechó la ocasión para ir al aseo para poner un poco de orden en sus sentimientos. Cuando entró, cerró la puerta y respiró profundamente varias veces. Tenía un nudo en la garganta y los ojos doloridos por las amargas lágrimas del remordimiento.

Durante todo aquel tiempo había disfrutado echando a Antonio toda la culpa del fracaso de su relación. Había creído firmemente que él la había traicionado. Pero echando la vista atrás podía ver ahora lo inmadura que había sido. Ni Antonio ni ella habían estado preparados para el matrimonio; ella había sido demasiado joven, demasiado ingenua y sin experiencia. Él había tenido al menos la madurez de aceptar la responsabilidad del embarazo, y no la había ofendido reclamando una prueba de paternidad, como otros muchos hombres habrían hecho. ¿Cómo no se había dado cuenta? Tal vez él no la había amado, pero al menos no la había abandonado. Había estado a su lado todo el tiempo que su carrera se lo había permitido.

¿No había sido injusto echarle la culpa por no haber estado allí en el momento justo del parto? Antonio era un cirujano. Tenía en sus manos las vidas de otras personas. Ella no le había preguntado nunca por qué no había llegado a tiempo. Había llegado a la conclusión de que había tratado deliberadamente de no estar allí porque nunca había querido al bebé, lo cual era otra suposición suya quizá precipitada. Él podía haber estado al principio desconcertado por la noticia del embarazo, pero luego a las pocas semanas había puesto todo de su parte para acompañarla a sus chequeos y sesiones de ayuda al parto. Incluso le había sorprendido varias veces viendo el DVD de la ecografía que les habían dado del bebé, donde se veía a la pequeña con las manitas y los pies enrollados al vientre. Por si fuera poco, le había comprado a ella un libro de nombres de bebés, y se había sentado a su lado con la mano apoyada con ternura sobre su vientre mientras lo ojeaban juntos.

Claire nunca se había imaginado que el remordimiento que sentía pudiera convertirse en una verdadera enfermedad física. Era como un ardiente dolor íntimo, que la corroía por dentro, cada salvaje punzada era un deprimente recordatorio de cómo ella había tirado por la borda su última esperanza. Sí, habían sufrido una trágica experiencia de la que ninguno de los dos había sido capaz de recuperarse del todo, y ésa era la única oportunidad que ella tendría de hacer algo que curase la decepción y las heridas del pasado. Quizá era muy optimista por su parte esperar que Antonio pudiera enamorarse de ella en esa ocasión, pero tenía tres meses para demostrarle que su amor era tan grande que bastaba para los dos.

Cuando volvió minutos después, Antonio se levantó de la mesa para acercarle la silla. Sus negros ojos exploraban sus facciones como un reflector, tratando de encontrar en ella algún sentimiento oculto.

–¿Va todo bien, *cara*? Has estado tanto tiempo fuera que estaba a punto de enviar a alguien a buscarte.

–Estoy bien –dijo ella sentándose, sin apenas mirarle–. He tenido que esperar un poco, eso es todo.

La mujer que estaba sentada enfrente se echó un poco hacia delante para hablar con ella.

–He leído el asunto de su reconciliación en el periódico de la mañana. Estoy segura de que será usted muy feliz esta vez. Yo llevo casada con John treinta y cinco años. Hemos tenido nuestros momentos buenos y malos, pero eso es el matrimonio, estar a las duras y a las maduras, eso sí, pero todo con amor, mucho amor.

–Gracias –respondió Claire con una sonrisa forzada–. Estoy segura de que se nos presentarán muchas dificultades en el camino, pero como usted dice, así es el matrimonio.

–Mi marido es cirujano plástico también –continuó la mujer, que se había presentado como Janine

Brian–. Está muy impresionado con las nuevas tecnologías que Antonio está dando a conocer. Debe de estar usted muy orgullosa. Ha devuelto la esperanza a mucha gente en todo el mundo.

–Sí… sí, claro que lo estoy –dijo Claire, mirando a Antonio, que mantenía en ese momento una animada conversación con uno de los otros invitados de la mesa.

No podía dejar de mirarle; era como si le estuviese viendo por primera vez. Se maravillaba de lo apuesto que estaba, con su esmoquin realzando el negro de sus ojos y de su pelo, y con la impecable blancura de su camisa acentuando el marcado tono aceitunado de su piel. Su boca tenía un gesto muy sensual, como si adivinase lo que estaba pensando ella en ese instante. ¿Cómo podía saber que lo que estaba deseando ella era explorar cada poro de su piel como había hecho tantas veces en el pasado? ¿Cómo podía ver el deseo en sus ojos? ¿Acaso la delataban la rigidez y excitación de su cuerpo? ¿O quizá fueran sus manos temblorosas e inquietas? ¿O tal vez su forma nerviosa de cruzar y descruzar las piernas bajo la mesa? Su deseo era una fuerza incontrolable que recorría todo su cuerpo. Lo sentía correr como un río de lava ardiente bajo su piel, abrasándola.

–Ustedes dos son tan románticos... Míralos, John –dijo Janine con una indulgente sonrisa, dando un codazo a su marido en las costillas–. ¿No son la pareja más encantadora que hayas visto jamás?

Claire sintió el rubor en sus mejillas cuando Antonio volvió a sentarse a su lado y le echó un brazo por los hombros, arrimándose a ella.

–Fui un idiota dejando que se fuera la primera vez –dijo él–. No volverá a ocurrir.

–Bueno, ya saben lo que dicen... No hay nada que no se pueda resolver teniendo una buena cama –dijo Janine–. Así es como tuvimos nuestros tres niños, ¿verdad, querido?

–Janine… –dijo John Brian, en tono de reproche.

–¿Pero... qué he dicho? –respondió Janine en el mismo tono.

–No te preocupes, John –dijo Antonio–. Ni Claire ni yo queremos pasarnos la vida lamentándonos cada vez que alguien se ponga a hablar de niños.

–Oh, querida… Lo había olvidado por completo –dijo Janine Brian–. John me dijo… Oh, debes de pensar que no tengo la menor sensibilidad. Lo siento mucho, de verdad.

Claire, haciendo un esfuerzo, dirigió una sonrisa tranquilizadora a la angustiada mujer.

–Por favor, usted no tiene la culpa –dijo ella–. Poco a poco lo iremos superando.

La conversación cambió afortunadamente de rumbo cuando llegó el camarero con la cena. Claire apenas probó nada, aunque trató de disimular.

Acabada la cena y recogidas las mesas, el presidente de la fundación presentó a Antonio. Claire le seguía con la mirada mientras subía al estrado que habían instalado con una gran pantalla y un proyector digital. Después de dar las gracias al presidente y a los miembros de la comisión, Antonio habló del trabajo que estaba desarrollando en materia de cirugía de reconstrucción bajo el patrocinio de FACE. Mostró diversas imágenes de caras sobre las que había trabajado, incluyendo algunas del Tercer Mundo que la fundación había apadrinado costeando el vuelo de los pacientes a Roma para las operaciones.

Claire contempló con admiración una de aquellas imágenes. Una niña, de siete u ocho años, que había nacido con hipertelorismo, una malformación congénita a consecuencia de la cual presentaba una cara anormalmente grande con unos ojos muy separados y una nariz horriblemente chata. La reparación requería una importante reconstrucción cráneo facial, con un equipo de tres cirujanos: un neurocirujano, un maxilofacial y un cirujano plástico, que en ese caso había sido Antonio. La operación había necesitado más de doce horas para conseguir dar a la niña la oportunidad de llevar una vida normal, sin que se sintiese avergonzada de su deformación. Las fotografías de antes y después eran tan asombrosas como las sonrisas de satisfacción y felicidad de sus padres y de la propia niña.

Al terminar su presentación, Antonio respondió a algunas preguntas de la sala antes de volver a la mesa entre calurosos aplausos.

La orquesta comenzó a tocar otra vez y Antonio tomó de la mano a Claire.

–Bailemos una vez más antes de volver a casa.

Claire se movía entre los brazos de él sin oposición, sin resistencia, con los brazos colgados alrededor de su cuello, mientras Antonio tenía los suyos sobre su espalda, en un abrazo íntimo que se adaptaba perfectamente al ritmo lento de la balada que estaba sonando.

–Estuviste admirable en tu respuesta al pequeño desliz de Janine Brian –comentó Antonio.

–Gracias –dijo ella mirándole con expresión afligida–. Pero tienes razón cuando dices que no podemos esperar que la gente evite en todo momento hablar de los niños en nuestra presencia. Yo tengo algunos amigos con niños, y he aprendido a disfrutar de ellos cuando voy a verles, y hasta voy a veces a hacer de niñera.

–Eso está muy bien, te felicito –dijo Antonio.

–No, de verdad... hay días en que se hace muy duro... ya sabes... cuando pienso en ella.

Antonio sintió un dolor recorriéndole la médula espinal. Estar con Claire le hacía ver lo mucho que afectaba a los padres la pérdida de un hijo. Un dolor que duraba años, si no toda una vida. La madre llevaba la peor parte, con las molestias del embarazo, además de los trastornos hormonales durante y después del parto. Pero el padre se sentía también desconsolado, aunque no lo exteriorizase de la misma forma que la madre. Él no había llevado en su vientre al bebé, pero eso no quería decir que no se sintiese desolado por el fracaso.

Antonio se había educado en un mundo en el que el rol tradicional del marido y padre había sido proteger a la esposa y a los hijos. Él quizá podría haber llegado al matrimonio sin la madurez necesaria, debido a las circunstancias del embarazo imprevisto de Claire, pero cuando la niña había muerto, se le había helado el corazón. Se había sentido completamente inútil y abrumado de dolor, pero había sido incapaz de expresarlo por el enorme peso de culpa que se le había caído encima.

Se preguntaba si Claire sabría lo culpable que se sentía, el tormento que padecía en las oscuras horas de la noche preguntándose una y otra vez qué hubiera pasado si hubiese actuado de otra manera.

Aún tenía pesadillas recordando su llegada a la sala de partos y encontrándola sosteniendo a su hija muerta en los brazos. Una parte de él se había cerrado en ese instante y, pese a sus muchos intentos, nunca había sido capaz de volver a abrirla. Había caído en el profundo, oscuro y silencioso pozo de la desesperación, unido a una pesada carga de culpa y de dolor que cargaba hasta aquel momento sobre sus hombros.

La música cambió de tempo y aunque ella no dijo una palabra, Antonio sintió su rechazo a seguir un minuto más con él en el salón de baile. Podía sentirlo en el cuerpo de ella, en la forma en que se puso tensa cuando él la atrajo hacia sí. Lo que no sabía era si estaba luchando contra él o consigo misma. Pero tenía el resto de la noche para despejar la duda.

Su virilidad sintió una oleada de sangre al pensar en sumergirse de nuevo en ella, en su entrega y su pasión. La fina tersura de su cuerpo le había cautivado como el de ninguna otra mujer. Conseguía que su piel cobrase vida propia cuando imaginaba sus manos deslizándose por todo él de la forma que sólo ella sabía hacerlo, tanteando al principio tímida, cautelosa, y luego, una vez perdido el pudor, atrevida y audaz. Recordaba la experiencia inolvidable de la primera vez, con sus suaves labios recorriendo todo su cuerpo. Había sido tan embriagadora que había estado a punto de perder el sentido. Quería volver a sentir, una a una, aquellas caricias suyas que…

–¿Quieres que volvamos a casa? –le preguntó él, enlazando su mano con la suya.

Claire se ruborizó.

–Sí… Si tú quieres… –contestó ella, recuperando el color de sus mejillas.

Antonio volvió con ella a la mesa, y tras despedirse brevemente de los invitados, salió con Claire hacia la limusina, que les devolvería al hotel donde ella tendría que acostarse con él o pasar la noche sola en el sofá.

¿Qué elegiría?

Capítulo 8

LA VUELTA al hotel transcurrió en el más absoluto silencio.

Antonio la miraba de vez en cuando, pero ella desviaba siempre los ojos, jugueteando con el cierre de su bolso de noche.

–¿Te has sentido incómoda conmigo esta noche, *cara*? –le preguntó él, cuando el coche se detuvo a la entrada del hotel.

Ella volvió la mirada hacia él. La sombra de una duda brillaba en el fondo de sus ojos verde mar.

–Un poco, supongo –contestó, mientras él la ayudaba a bajar de la limusina.

Antonio la llevó del brazo al hotel, acompasando atentamente su paso al de ella, más corto que el suyo.

Apretó el botón del ascensor y, mientras bajaba, la miró fijamente.

–Ya te lo he dicho, Claire, no reanudaremos nuestra relación física hasta que no estemos los dos preparados. Yo no voy a obligarte a nada, puedes estar segura de ello.

Ella apretó los labios mientras subían ya en el ascensor. Bajó otra vez la mirada al suelo.

–No estoy segura de saber lo que quiero… Ése es el problema… Me siento confundida.

Antonio le subió delicadamente la barbilla con la punta de su dedo índice.

–Te quiero. Creo que lo sabes. Eso es algo que no ha cambiado en estos cinco años.

–Pero si es cierto... ¿Qué estamos haciendo? –preguntó ella, pasándose la punta de la lengua por lo que aún quedaba de su brillo de labios–. Me parece que vamos a cometer los mismos errores de entonces.

El ascensor se detuvo en el ático, Antonio sujetó la puerta con el antebrazo para que ella saliese. Pasó la tarjeta del hotel por el lector y se hizo a un lado para que entrase Claire, cerrando la puerta tras él.

–Tenemos un pasado, Claire. Tenemos que enfrentarnos a él de una vez por todas.

Ella se mordió el labio inferior.

–Pero... ¿es éste el camino correcto? –preguntó ella–. ¿No te parece que podemos complicarnos aún más la vida?

–¿En qué sentido? –dijo él, deshaciéndose el nudo de la corbata.

Ella volvió a mordisquearse el labio inferior durante unos segundos antes de responder.

–No sé... Lo único que quiero es que esta vez no haya ningún malentendido entre nosotros.

Antonio arrojó la corbata al sofá.

–Lo más importante de todo es saber si aquello que empezamos una vez sigue aún vivo, aunque permanezca oculto bajo el poso de nuestra separación –dijo él en tono apesadumbrado–. No quiero pasar por el engorroso proceso de un divorcio para acabar llevándome los mismos problemas a una nueva relación.

–Entonces todo esto que me vienes proponiendo, ¿es simplemente un experimento? –preguntó ella, en tono de decepción.

Antonio sostuvo su mirada desafiante, y luego suspiró.

–Quiero seguir con mi vida, Claire, y tú debes seguir con la tuya. No debemos tomar ninguna decisión hasta no estar seguros.

Ella le miró desafiante y altiva.

–O sea, lo que me quieres decir es que has decidido tener una relación de tres meses conmigo para ver si sacas de ella algo de provecho, antes de irte con la mujer siguiente, ¿no es eso?

–No, no es nada de eso –dijo él con una mirada de resignación.

Claire sintió como si todas sus esperanzas y sueños se hicieran añicos. ¿Es que sólo era para él un pasatiempo? ¿Era mucho pedir que demostrase un poco de interés?

Su voz se volvía más aguda y estridente conforme crecía su desesperación.

–Entonces, ¿qué demonios es, Antonio? No sé qué quieres de mí.

Él la tomó con suavidad, a la vez que con firmeza, por los hombros.

–Creo que sabes perfectamente lo que quiero de ti, *cara* –le dijo con su mirada más oscura, descendiendo luego su boca hasta la de ella, capturándola con su ardor abrasador.

Claire no tenía fuerza de voluntad para resistirse. La llama del deseo le corrió por las venas, disparando su ritmo cardíaco cuando la lengua de Antonio se abrió paso en su boca, haciéndola exhalar un gemido al sentir su calor. Él podía sentir los labios de ella henchidos bajo la presión de los suyos, su cuerpo derritiéndose en sus brazos conforme la estrechaba más y más. Ella percibía la erótica tirantez de su erección, reviviendo en su mente la pasión turbulenta que habían compartido en el pasado.

La boca de él continuó el sensual asalto a sus sentidos. Sus manos bajaron desde su cintura a lo más hondo de su espalda. La cálida presión de su mano contra la región lumbar de ella transportaba a Antonio a la cima más alta de la excitación. Ella sentía su vientre estremecerse ante ese contacto tan íntimo, y sus piernas flaqueaban como si perdiese el equilibrio ante la furiosa marea de deseo que inundaba su ser.

Su beso se volvió más profundo e insistente, y Claire respondió con el mismo ardor. Apretó el labio inferior de él con los dientes, dándole luego tironcitos con los labios, y después lo lamió, en una caricia que arrancó de él un gemido desde lo más hondo de su alma.

Las manos de él la apretaban cada vez con más fuerza. Ella sentía su cuerpo ya preparado, podía percibir la humedad entre sus muslos, y notar la turgencia de sus senos, tras las arrebatadoras caricias de él con su boca y con sus manos.

Los besos de Antonio se volvían más apremiantes según ella se amoldaba más a él, y su lengua más obstinada conforme mejor se acoplaba con la de ella.

Ella bajó la mano, rastreando, explorando con sus dedos, mientras su boca seguía aún presa bajo el calor abrasador de él. Antonio emitió otro sonido gutural de placer, y ella aceleró el ritmo de sus caricias, arriba y abajo, recreándose con el privilegio de tocarle a voluntad, de sentirle vibrando de deseo por ella con tal intensidad.

Él apartó su cara unos centímetros de la suya y la

miró con unos ojos llenos de tal intensidad que parecían no tener fondo.

–¿Estás segura de que lo deseas, *cara*? –le preguntó con voz apagada–. No tenemos que seguir con esto si no te sientes preparada.

Claire se humedeció los inflamados labios con la lengua mientras le sostenía la mirada.

–No estoy segura de nada. No puedo pensar en dos cosas a la vez cuando estoy contigo.

Él sonrió de forma seductora y sensual.

–Entonces quizá no deberíamos pensar, sino sólo concentrarnos en nuestros sentimientos –dijo, deslizando su mano por detrás y bajándole la cremallera hasta que su vestido cayó al suelo

Claire sintió su respiración entrecortada cuando la oscura mirada de él recorrió todo su cuerpo, posándola en la ligera hinchazón de sus labios, en sus desnudos pechos, en la planicie de su vientre, y finalmente en las bragas de encaje que llevaba.

Casi se quedó sin respiración cuando él, tras acariciar sus pechos dibujando círculos a su alrededor con las yemas de los dedos, arrimó la cabeza para meterse en la boca las aréolas de sus turgentes pezones. Era una tortura a la vez que un placer. Las electrizantes caricias la transportaban fuera de la realidad, haciéndola olvidar cualquier pensamiento racional.

Antonio, con los ojos clavados en los de ella, bajó las yemas de los dedos hacia su ombligo, y luego más abajo, en busca de su sexo a través del encaje que lo cubría.

–¡Desnúdate! –le ordenó.

Claire se quitó los zapatos de tacón y se bajó la

fina prenda de encaje, mientras sentía latir su corazón desbocado de excitación al verle a él empezar a desnudarse. Impaciente, le ayudó con los botones de la camisa, deteniéndose una y otra vez para depositar ardientes y húmedos besos en su pecho, bajando luego más y más, hasta llegar a la cintura de sus pantalones.

Él abrió ligeramente los muslos cuando ella le desabrochó el cinturón, luego se quitó la camisa y la tiró al suelo junto al vestido de ella.

Cuando Claire le bajó la cremallera de los pantalones y acto seguido le quitó los calzoncillos, él creyó perder el sentido.

El cuerpo de él, bajo las yemas de los dedos de ella, parecía de acero, estaba tan excitado que transpiraba por cada poro de su piel. Ella lo secó recorriendo el cuerpo con sus manos y luego, levantando insinuante sus ojos hacia él, se llevó un dedo a la boca.

–*Dio*, me estás volviendo loco –gimió él, quitándose los zapatos con la punta del pie, y tirándolos al mismo montón donde se agrupaban ya sus pantalones, sus calzoncillos, su cinturón y el vestido de ella.

Claire sintió un estremecimiento cuando él, caminando hacia atrás, la llevó a la cama. Podía oler la excitación de él, percibir el embriagador aroma del salado sudor de su piel mezclado con la esencia de limón de su aftershave.

–Dime que pare, Claire, de otro modo no podré.

Ella le rodeó el cuello con los brazos, apretando su cadera contra la suya.

–No quiero que pares –dijo en un ahogado susurro–. Hace tanto tiempo…

–Tienes razón –dijo él devorándola con los ojos–. Hace tanto, tanto tiempo…

Claire se estremeció cuando las largas y fuertes piernas de él resbalaron sobre las suyas, suaves y tímidas. Su indiscutible masculinidad la había llevado siempre a las cotas más altas de excitación. La dureza de su cuerpo contra la suavidad del suyo producía en ella una delirante pérdida de conciencia. Arqueó la espalda invitándole a acoplar su cuerpo al suyo para llevarla hacia el paraíso que tanto ansiaba.

–No tan rápido, *cara* –dijo él, acariciando su vientre con las manos, acercándose sensualmente al lugar que ella anhelaba–. Sabes bien cómo era entre nosotros. Era siempre mucho más intenso cuanto más tiempo empleábamos.

Claire dejó escapar un suspiro ahogado cuando él dirigió la cabeza hacia sus pechos, suscitando en ella, con su boca y su lengua, una pasión casi irresistible. La cálida huella de sus besos continuaba bajando hasta el ombligo, y luego sobre los labios vaginales hasta desembocar en el palpitante núcleo central de su cuerpo. Su respiración se paralizó por un instante cuando los dedos de él separaron su tierna carne de miel, abriéndole paso a su virilidad. Él marcó un ritmo lento pero excitante, cada movimiento suyo a ella le acercaba más y más al abandono creciente que sentía en su interior. Allí estaba ella, con la espalda despegada de la cama, sus sentidos elevándose fuera de control, como una ola tras otra de éxtasis rompiendo sobre ella, haciéndola rodar, revolcándola, hasta hacerla sentir blanda, lánguida, sin peso.

Claire lo tomó. Sus dedos enfundaron su dureza y luego su boca se deslizó con fruición sobre él una y otra vez. Sintió su estremecimiento cuando comenzó a dibujar sobre él con la lengua los círculos más caprichosos. Él mantenía aún el control, pero estaba a punto de perderlo. Su respiración era un jadeo, todos y cada uno de sus músculos se pusieron en tensión cuando ella lo llevó a su boca, probándolo, tentándole, llevándole al límite con las caricias de su lengua de mariposa.

–No –protestó él de repente, apartándola–. Quiero entrar dentro de ti. He esperado esto tanto tiempo...

Claire sintió su interior temblar de excitación cuando el cuerpo de él tomó posesión del suyo, separándole los muslos con uno de los suyos, amortiguando el peso de él con el apoyo de sus codos, y entrando en ella con un profundo gemido de satisfacción. Ella sintió cómo la piel de la espalda y los hombros de Antonio se erizaba de placer cuando el cuerpo de ella se aferró a él con avidez, a la vez que el balanceo y vaivén que él imponía despertaba en ella un abrasador fuego de pasión. Sintió que sus temblores empezaban a ser cada vez más acentuados y profundos dentro de ella cuando él aceleró el ritmo, llevándola con cada profunda arremetida suya más y más arriba, hasta casi tocar la gloria. Ella sentía como si su cuerpo explotara por dentro al vigor y la pujanza de él. Actuaba en su interior como una fuerza que hacía vibrar cada uno de sus nervios en las distintas notas de una dulce canción.

La respiración de Antonio se transformó en jadeo, sus arremetidas eran ahora tan profundas que Claire podía adivinar el momento exacto en que él llegaría finalmente a perder el control. Con un profundo gemido se fundió, se abrasó dentro de ella, el cuerpo de él se estremeció contra el suyo sintiendo el placer de desbordarse, derramarse, mientras el cuerpo de ella, solicitando aún el suyo, lo exprimía agotándolo hasta colapsarlo de satisfacción.

Ella se mantuvo aún acariciándole la espalda, jugando con sus dedos sobre su musculosa figura, esperando que el mágico hechizo de la voluptuosidad vivida tardara un poco más en desvanecerse.

Antonio tenía razón: ésa era la parte que mejor habían hecho ellos siempre. Era en los otros detalles de su relación en los que habían tropezado: la injerencia de los familiares, las exigencias de su carrera y la pérdida de su independencia, por no mencionar los avatares de la vida, que en el caso de ellos habían sido particularmente adversos.

Antonio se apartó de ella para poder mirarla.

–Nada ha cambiado, ¿no es verdad, *cara*? –dijo apartándole un rizo de la cara–. Aunque quizá esté equivocado; sí, algo ha cambiado, para mejor.

–¿Y si no es suficiente, Antonio? La atracción física acabará algún día consumida en su propio fuego. ¿Qué quedará luego?

–No se ha consumido aún, a pesar del paréntesis de estos cinco años. En cuanto te vi otra vez me di cuenta de ello. Quise volver a tenerte en mi cama a toda costa.

–Eso no va a ninguna parte –dijo ella, bajando los ojos para tratar de ocultar sus sentimientos.

Ella era como un juguete con el que él había decidido jugar por un tiempo. Tenía que recordarse a sí misma que aquello no sería para siempre. Él sólo estaba allí por tres meses.

–Puede ir donde nosotros queramos –dijo él–. Y durante tanto tiempo como queramos.

Claire sintió el tintineo de una alarma corriendo por su carne desnuda cuando volvió su mirada hacia él.

–Yo no estoy tan segura –dijo ella, chascando la lengua–. Esto es sólo algo pasajero... ¿verdad?

Él la miró a la boca por unos instantes, luego la miró directamente de nuevo a los ojos.

–¿Estás tomando la píldora? –le preguntó.

Algo oscuro y muy profundo se hundió dentro del pecho de Claire, dejándola sin respiración, como si la cara sin rostro del horror se hubiera apoderado de lo más íntimo de su corazón.

–Mmm... no... –dijo ella, incapaz de sostenerle la mirada.

Él le levantó la barbilla con la punta del dedo.

–¿No? –dijo, atravesándola con sus ojos negros.

Ella se frotó con un dedo el puente de la nariz, tratando de calcular en qué parte del ciclo se hallaba.

–No, en este momento no –dijo con un leve gesto.

Él mantuvo su mirada en la suya durante unos tensos segundos.

–¿Crees que estás en uno de los días seguros? –preguntó con una expresión imposible de definir.

–Sí –dijo ella, pese a no estar muy segura de ello. Sería un desastre si se quedase embarazada de él, tener que pasar de nuevo por las mismas angustias y también esperanzas...

La idea de tener otra oportunidad para ser madre era tan tentadora... Quizá esa vez no acabase en tragedia, a pesar de la información que ella había buscado en Internet. Había leído que después de una experiencia previa de desprendimiento de placenta las probabilidades de que se repitiese por segunda vez eran de entre el diez y el diecisiete por ciento. Las estadísticas establecían que mientras que en uno de cada ciento cincuenta partos de ese tipo se reproducía la separación de la placenta, sin embargo, en su forma más severa, aquélla que ocasionaba la muerte del feto, la probabilidad era sólo de uno entre quinientos.

Todo era un asunto de probabilidades.

–¿Estás segura? –preguntó Antonio.

Ella bajó la cabeza y trató de recuperar la calma, echándose a un lado y ocultando el pecho entre sus rodillas, en un gesto de pudor.

–Aunque hubiéramos usado preservativo no habría garantías de haberlo prevenido –dijo ella–. Así fue como sucedió la última vez, ¿no lo recuerdas?

–Sí, pero sólo porque no habías tomado la píldora durante el tiempo suficiente para que fuera efectiva –dijo él.

Claire sintió que un agudo resentimiento crecía dentro de ella, como una víbora al acecho esperando lanzarse sobre su hostigador.

–Me estás echando la culpa de lo que sucedió en el pasado, ¿no es eso? ¿Fue un fallo mío el ser tan ingenua pensando que estaba segura cuando no lo estaba? No hubiéramos tenido que pasar por todo lo que pasamos si yo me hubiera molestado en leer las indicaciones de la caja, ¿verdad?

–Yo no he dicho eso, Claire. Un embarazo imprevisto le puede suceder a cualquiera.

–Entonces, ¿qué me quieres decir exactamente?

Se hizo un largo y tenso silencio antes de que él contestara.

–Éste no es el mejor momento para tratar el asunto.

Claire sintió que la vaga esperanza que había abrigado secretamente en su pecho se desinflaba. Él quería pasar un buen rato, nada más. Estaba perdido en los confines de un país extranjero. No era de extrañar que la tuviese atrapada en un chantaje del que se sabía el único ganador. Él no quería ataduras, no quería acarrear con las posibles consecuencias de un fugaz encuentro. Lo único que él quería, igual que la otra vez, era una breve y excitante aventura, en compensación y como recompensa a las largas horas de sacrificio en su trabajo.

Él quería también, de algún modo, desquitarse, hacer esa vez las cosas a su manera. Él sería ahora el que la abandonase, no ella.

–No puedo –dijo Claire, saltando de la cama para agarrar el albornoz que estaba colgado detrás de la puerta. Pasó los brazos por las mangas y se apretó bien el cinturón antes de enfrentarse a él de nuevo–. Esto no puede ser, Antonio. Yo no soy así.

–Esto no es una aventura, Claire. Estamos casados.

Ella frunció el ceño, su corazón se agitaba preso del pánico.

–¿Qué quieres de mí? –le preguntó ella en un susurro.

–Te quiero a ti, Claire –dijo él con una mirada intransigente, avanzando hacia ella–. Esto no ha terminado. Tú lo sabes. Lo que sucedió en esa cama hace sólo unos minutos es buena prueba de ello.

Claire intentó retroceder, pero la pared se lo impidió.

–Lo que ocurrió en esa cama fue una estúpida equivocación por mi parte –dijo ella, aplastando con fuerza la espalda contra la fría y dura superficie de la pared–. Estaba algo exaltada por el baile y el vino. No era yo misma. Deberías haberte dado cuenta.

Él arqueó una ceja con gesto burlón.

–Parece que siempre soy yo el culpable de que hagas cosas de las que luego te arrepientes.

–Estás intentando que me enamore de ti, ¿no es eso? –dijo ella.

Él se acercó aún más a ella, clavando sus ojos en los suyos.

–¿Es ésa tu mayor preocupación, *cara*? –preguntó él, pasando delicadamente su dedo índice por la curva de la mejilla de ella y luego por su labio superior en una caricia estremecedora.

La mayor preocupación de Claire era pensar cómo iba a evitar que se repitiese lo que acababa de suceder entre ellos. El sexo había sido fascinante. Incluso ahora, podía sentir su cuerpo respondiendo de nuevo a su proximidad. No le servía de mucha ayuda la bata de baño que llevaba sobre su cuerpo totalmente desnudo. Podía sentir sus pechos apretados contra el esponjoso tejido, y sus pezones inflamados y aún sensibles a la boca de él. Podía sentir la humedad de la esencia de él entre sus muslos. Podía incluso oler la fragancia de su acoplamiento, el embriagador recuerdo de cómo ella había caído en sus brazos.

Estaba condenada a él. Ningún otro hombre podría hacerla sentir así. La intimidad que habían compartido sólo había intensificado su pasión. Podía sentirlo dentro de ella; era como un profundo impulso, una enérgica vibración entrando y saliendo de su ser.

Era consciente de cómo él la estaba contemplando, con esa mirada suya, oscura y audaz, tomando nota de cada matiz de su expresión, de cada movimiento de su cuerpo, conforme él se acercaba más y más al suyo.

Él apoyó las manos sobre la pared a ambos lados de su cabeza.

–¿Habría algún problema en que te enamorases de mí? –le preguntó.

Claire se pasó la lengua por los labios, su pecho subía y bajaba de forma desbocada con cada una de sus inquietantes miradas.

–Lo habría si no fuese correspondida.

–Si nos enamoramos, no necesitaremos divorciarnos –dijo él–. Una buena solución, ¿no crees?

Ella apretó los dientes.

–Para ti, quizá, pero no para mí –dijo–. No pienso volver a Italia contigo.

Él la examinó con una fría mirada.

–No tendrías elección si tenemos un hijo –dijo él–. No estoy dispuesto a vivir separado miles de kilómetros de mi propia sangre.

Claire sintió que su corazón daba tumbos, agitándose como asustadas alas dentro de su pecho.

–Si me he quedado embarazada, no tenemos ninguna garantía de que acabe en un parto feliz. Si quieres ser padre, deberías buscar antes a un especialista competente que sepa hacer bien su trabajo.

Los ojos de él se pusieron tensos por un instante.

–Estoy al tanto de las estadísticas, Claire –dijo–. Pero no tiene por qué pasar nada si llevamos el seguimiento adecuado y hacemos los chequeos periódicos precisos.

–No estoy dispuesta a correr ese riesgo –dijo Claire–. Si vamos a seguir con esta ridícula farsa, quiero usar protección. Iré mañana a ver a mi médico para resolver esto.

Ella se apartó de la pared, abrazándose el cuerpo

con los brazos en un gesto de autoprotección. Sus ojos destellaban de resentimiento y odio reprimido hacia él.

Él podía aún sentir la apretada exaltación de su cuerpo alrededor del suyo, la forma en que ella se había convulsionado debajo de él. La deseaba, la deseaba tanto, que sentía en lo más hondo de su ser una desazón persistente que no conseguía apaciguar. Y ella, a pesar de su resentimiento, también le deseaba, por mucho que se empeñara en negarlo. Su cuerpo la traicionaba. Y la traicionaría otra vez.

Estaba seguro.

Capítulo 9

CLAIRE entró en el cuarto de baño y cerró la puerta. Intentó echar el cerrojo, pero se dio cuenta de que las puertas de los hoteles podían abrirse también desde fuera como medida de precaución. En cualquier caso, el único cerrojo que tenía que activar era el de su propio corazón. Era tan débil con Antonio como siempre había sido. Después de lo que acababa de experimentar, era posible que lo fuera aún más que antes.

Se metió en la ducha y abrió el grifo deseando que el agua se llevara las sensaciones que Antonio había despertado en su interior, pero fue en vano. Cada poro de su piel estaba en tensión, excitado, como a la expectativa. Sus senos estaban más grandes y duros de lo normal y sus pezones sensibles.

Deslizó las manos por su cuerpo hasta llegar a su vientre, su lugar más íntimo, y lo notó también sensible, como si estuviera sorprendido por lo que Antonio había evocado.

Cerró el agua de la ducha y tomó una toalla para secarse. Seguía sintiendo la terrible necesidad de ser poseída por él.

La suite era muy grande, pero sólo tenía un dormitorio, un dormitorio que se suponía iba a tener que compartir con él. Y no habría tregua posible. No iba a poder evitarle. Iba a ser una forma sutil de tortura el tratar de ignorar su presencia.

Empezó a fantasear con las cosas que Antonio le haría, cómo se apoderaría de su cuerpo, cómo respiraría agitadamente contra ella, el placer que la invadiría, la explosión de deseo, los gritos que conducirían al éxtasis, dejándola tendida y exhausta.

Dejó la toalla, se puso un albornoz y, respirando profundamente, abrió la puerta. Antonio estaba sentado con las piernas cruzadas y un vaso lleno de un líquido de color ámbar en la mano.

–¿Quieres beber algo? –le preguntó–. Tienes pinta de necesitar relajarte.

–No quiero tomar nada que me nuble el juicio –respondió Claire–. Lo que necesito es dormir toda la noche. Y, a ser posible, sola.

–Sólo hay una cama, *tesoro mio*. Podemos pelearnos para ver quién se la queda, para sabes de sobra quién ganará.

Sí, lo sabía, por eso ni siquiera iba a insistir. Observó el sofá. Parecía lo suficientemente grande y confortable. Dormiría allí aunque luego tuviera dolores de espalda, aunque tuviera que ir una semana seguida a un fisioterapeuta.

–Ni lo pienses, Claire –dijo Antonio levantándose–. Nadie se tomará en serio nuestra reconciliación si el personal del hotel se da cuenta de que no hemos dormido los dos en la cama como marido y mujer.

–No quiero dormir contigo –protestó Claire con las manos en la cintura.

–Creo que dormir no es el problema, ¿verdad, *cara*? Si no fuera yo, podrías dormir a mi lado semanas enteras sin preocuparte. Y a mí me pasa lo mismo. Nuestros cuerpos están conectados de una manera misteriosa. Debemos asumirlo cuanto antes. Es imposible luchar contra ello.

Antonio extendió las sábanas.

–Iré a darme una ducha –dijo–. Así puedes instalarte a tu gusto.

–¿Crees que te voy a esperar despierta? –le preguntó apretándose el cinturón del albornoz.

–No, no lo espero, *cara* –respondió–. Estás cansada, agotada. Tal vez tengas razón, quizá no debería haberme dejado llevar por tus insinuaciones. Pensé que los dos deseábamos lo mismo. A lo mejor te he interpretado mal. Si ha sido así, lo siento.

–No... No fue culpa tuya –dijo ella, que había sido tan cómplice como él de lo que había sucedido–. No debería haber permitido que las cosas llegaran tan lejos. No sé por qué lo hice. Creo que no fue el vino, ni la música... Fue sólo... No sé, tal vez la curiosidad...

–¿La curiosidad?

–Supongo que, igual que tú, quería saber si seguiría siendo lo mismo... ya sabes... como era antes de que las cosas se torcieran.

Antonio se acercó a ella y tomó su barbilla.

–No podemos cambiar el pasado. El pasado siempre estará ahí, tanto si lo que tenemos entre manos sale bien como si no. Nos acompañará toda la vida. Tendremos que aprender a vivir con él.

–Abrázame, Antonio –susurró Claire cerrando los ojos–. Abrázame y haz que olvide todo.

Antonio la abrazó con fuerza, apoyando la barbilla sobre el sedoso cabello de ella, respirando su fragancia. La deseaba, pero sabía que, en aquel momento, Claire necesitaba un consuelo para su tristeza, para su soledad. Cerró los ojos y la escuchó respirar, sintiendo el leve ascenso y descenso de su pecho, deseando tomarla de nuevo y poseerla.

Ya había tenido que controlar aquellos impulsos. En las semanas que habían seguido a la muerte del bebé, había pensado que la mejor manera de combatir la amargura sería fundir su cuerpo con el de ella, hacer que sus cuerpos volvieran a la vida, empezar de nuevo, avivar de nuevo la llama de la pasión. Pero ella se había mostrado fría, distante, furiosa, como si él hubiera sido el culpable de todo lo sucedido.

Antonio le acarició el cabello a Claire. Estaba llorando, y las lágrimas se derramaban por el pecho de él. ¿Cuántos miles de pacientes se habían derrumbado en su consulta en aquellos años? Había ido aprendiendo a tratar con aquellas situaciones, a elegir las palabras correctas, a tocar los resortes apropiados para darles un poco de consuelo. Y casi siempre había funcionado. Pero con Claire era distinto. Nada de lo que había dicho había servido de nada.

Pero eso no quería decir que fuera a dejarse llevar por sus propias emociones. La experiencia le había enseñado que sólo servía para enturbiarlo todo, para ser incapaz de mirar las cosas fríamente y tomar las decisiones correctas.

«Divorcio» era una palabra que no le gustaba. Nunca le había gustado, ni a él ni a su familia. Sus padres estaban chapados a la antigua, sus creencias religiosas les hacían creer firmemente en el matrimonio para toda la vida. Después de la huida de Claire, su padre no había dicho nada. Antonio había mantenido las distancias, aunque siempre había intuido algo reprimido en el silencio de Salvatore.

Desde que había salido de la adolescencia, la relación con sus padres no había sido precisamente perfecta. Su deseo de ser cirujano no había sido bien recibido por sus padres. Y, aunque ellos le habían apoyado en todo momento, él siempre había sentido como si les hubiera traicionado, como si su decisión hubiera roto el lazo que siempre les había unido.

Su padre sólo había hablado con él sobre la huida de Claire en una ocasión. Antonio había reaccionado mal, lo había interpretado como una intromisión en su vida privada, y, después de una acalorada discusión, nunca más se había vuelto a hablar sobre ello. Su madre también había permanecido al margen. No se había vuelto a mencionar el nombre de Claire.

Ahora que echaba la vista atrás, reconocía que no había manejado bien las cosas. Había permitido que su ira y su orgullo herido le nublaran el juicio. Se había sentido tan ofendido cuando ella le había acusado de estar teniendo una aventura que no se había parado a pensar de dónde había procedido su inseguridad. Claire había buscado una salida a la relación, la había encontrado y él no había hecho nada por detenerla.

–Acuéstate, Claire –dijo él apartándola con ternura–. Yo dormiré en el sofá.

–No quiero estar sola –dijo ella con los ojos húmedos.

–¿Estás segura?

Claire asintió.

–Por favor, Antonio... No me dejes sola esta noche. No podría soportarlo.

Antonio suspiró y la tomó de los brazos.

–Es imposible decirte que no, Claire –murmuró–. Siempre me ha sido imposible decirte que no.

–Quiero olvidar el pasado –dijo ella poniendo las manos en el pecho de él–. Y tú eres la única persona que puede ayudarme a conseguirlo. Ayúdame, Antonio, por favor.

Se inclinó sobre ella y la besó. Lo hizo suavemente, apenas rozando sus labios. Se tomó su tiempo, como si fuera un explorador descubriendo un territorio desconocido, hasta que los labios de ella se abrieron y él empezó a jugar con su lengua lentamente.

Claire no podía luchar contra el deseo que se estaba despertando de nuevo en ella. Su lengua empezó a jugar con la de él, mientras la temperatura de su cuerpo iba ascendiendo ante la cercanía de Antonio. Sentía la dureza de su miembro a través de los calzoncillos. Deslizó la mano por el cuerpo de él y la introdujo dentro de su ropa interior, sintiendo cómo él se estremecía. Le bajó los calzoncillos poco a poco pero con determinación hasta dejarle desnudo. Satisfecha por la forma en que Antonio estaba expresando su deseo, empezó masajearle el miembro, poco a poco, de forma rítmica, sabiendo el placer que le provocaría.

–Por favor, *cara*... –susurró él con voz ronca–. No me tortures de esta manera...

–¿Quieres que lo haga más rápido? –preguntó ella con una sonrisa maliciosa.

–Sabes de sobra lo que me gusta –respondió él mordiéndose los labios–. Siempre lo has sabido.

Claire dejó que el albornoz se deslizara por su cuerpo hasta caer al suelo. Antonio la miró con avidez. Ambos estaban desnudos. Claire le llevó a la cama, le tumbó bocarriba y se puso a gatas sobre él, recorriendo el cuerpo de él con su boca, deteniéndose en cada músculo, provocando una excitación cada vez más intensa en él. Las manos de Antonio se aferraron a las sábanas a medida que ella fue descendiendo más. Claire se detenía a propósito para provocarle el máximo placer, activando cada una de sus zonas erógenas.

Claire había fantaseado con aquel momento durante años. Sola, en su cama, infeliz y vacía, se había imaginado a Antonio y a ella encima de él con el poder de hacer lo que quisiera, se había imaginado a Antonio loco de deseo por ella, incapaz de controlarse. Y el sueño se había hecho realidad. Antonio estaba fuera de control. Lo notaba cada vez que le tocaba. Pero todavía no había acabado.

–Si quieres que te suplique, lo estás haciendo muy bien –murmuró él entre gemidos–. Pero, te lo advierto, esto va a tener consecuencias.

–¿Sí? –replicó ella con la misma sonrisa maliciosa–. Estoy impaciente.

Entonces, se inclinó sobre él y rozó con sus labios el extremo de su miembro. Antonio gimió y arqueó todo su cuerpo. Claire volvió a hacerlo y lo introdujo en su boca.

Antonio puso las manos en su cabeza, sus dedos se entremezclaban con su pelo, como intentando sujetarse para sobrevivir a la tormenta que le estaba sacudiendo.

Claire le saboreó, disfrutando del placer que le estaba dando. Podía oír su respiración agitada y sentir la tensión de sus músculos como si fueran cuerdas de acero a punto de romperse.

Claire intensificó el ritmo. Antonio intentó apartarla, pero ella se resistió. A los pocos segundos, sintió a Antonio agarrarse con fuerza a su pelo y su voz quebrada. Explotó con violencia. Su cuerpo fue atravesado por sucesivos espasmos hasta que, poco a poco, yació tumbado con la satisfacción dibujada en el rostro.

Claire se sentó en la cama, sorprendida al darse cuenta de que apenas unos minutos antes había estado llorando en sus brazos, diciéndole que no quería dormir con él. Acababa de hacer algo más que dormir con él.

Todavía recordaba la primera vez que habían hecho el amor. Al principio, ella había tenido muchas dudas, se había preguntado si lo estaría haciendo mal. Pero Antonio había sido paciente, había reprimido su pasión hasta estar seguro de que ella estuviera disfrutando también. Les había llevado su tiempo, pero a él no le había importado.

–Soy una hipócrita.

–¿Por qué dices eso? –preguntó él.

–Te dije que no quería dormir contigo, y... mira lo que ha pasado.

–No veo que hayas dormido todavía –ironizó él con una sonrisa.

Antonio le acarició el rostro e introdujo un dedo en su boca. Claire lo saboreó con erotismo mientras se excitaba.

–Túmbate –le ordenó Antonio.

Le obedeció y se puso bocarriba, extendida sobre la cama. Era consciente de su desnudez por la forma en que él la estaba mirando, por el deseo con que se fijaba en sus senos, en sus piernas y en lo más íntimo de su sexo. Quería satisfacerle. Quería demostrarle que ya no era la chiquilla de Outback. Quería mostrarle que se había convertido en una mujer que sabía lo que quería. Y le quería a él.

Si aquello iba a durar sólo tres meses, lo disfrutaría hasta el final. Ya había tenido que vivir demasiado tiempo en la soledad y en la frustración. Había llegado el momento de dar un paso adelante y disfrutar de la vida.

No había avanzado nada en todos aquellos años. Se había refugiado en sí misma, sin ser capaz de afrontar el pasado, bloqueando sus emociones, hasta que Antonio había vuelto a aparecer en su vida y le había dado la vuelta del revés.

Desde el momento en que oyó su voz en el teléfono, todo había cambiado. Sus emociones habían regresado a la superficie. Podía escucharlas en aquel mismo momento, explotando en su interior como violentas erupciones volcánicas, cálidas, impredecibles y fuera de control.

La besó en los labios, dejándola abandonada al placer, a la sensualidad de sus manos, al contacto con su piel. Se deslizó por su cuerpo hasta llegar a sus senos. Los tomó entre sus manos y los saboreó con fruición, recorriendo sus pezones con ansiedad.

–Tienes unos senos preciosos –dijo–. Todo tu cuerpo es precioso.

Claire creyó que iba a derretirse allí mismo. Nunca se había considerado una mujer demasiado atractiva pero, cuando estaba con Antonio, se sentía la mujer más deseable del mundo.

Antonio le separó las piernas, y ella se puso nerviosa.

–Tranquila, *cara*... Hemos hecho esto muchas veces, ¿recuerdas?

–Sí, lo siento... Es que no estoy segura de que vaya a poder...

–No te preocupes, tesoro mío... Nos tomaremos todo el tiempo que sea necesario.

Estaba siendo igual de paciente, igual de sensible, que la primera vez. Y eso la ayudó a relajarse. Antonio estaba acariciando su cuerpo con delicadeza pero con decisión. Recordaba todo lo que le gustaba. Sabía dónde tocarla, cómo hacerlo... Su cuerpo empezaba a responder con pequeños espasmos cada vez más intensos, hasta que, sin poder evitarlo, estalló en un orgasmo tan violento que la sorprendió más que a él.

Antonio se tumbó junto a ella acariciándole el pelo. ¿Alguna vez se cansaría de ella? ¿Por qué no había intentado divorciarse de ella en cinco años? ¿Por qué había detenido su vida, a la espera de que se produjera una especie de milagro que le devolviera a Claire? Había utilizado a su hermano para obligarla a estar con él, pero ella se daría cuenta de lo mucho que podría ganar con el divorcio antes o después. ¿Qué haría entonces?

Se acercó a ella, todavía lleno de deseo, pero Claire se estaba quedando dormida. Tendría que esperar.

–¿Te he hecho daño?

–No –respondió ella dándole un beso–. Ha sido algo imprevisto, nada más.

–Tú también has sido algo imprevisto para mí, *cara* –dijo él devolviéndole el beso.

Capítulo 10

UN INTENSO dolor se abría paso a través de su vientre. Cada contracción parecía querer romperla en mil pedazos.

Abrió los ojos, se llevó la mano al estómago y descubrió que no había nada.

Estaba sudando. La habitación estaba sumida en la más completa oscuridad.

–¿Claire?

Extendió la mano a tientas hasta encender la lamparita de la mesilla.

La luz consiguió hacerle sentir mejor, pero su corazón todavía latía apresuradamente.

–Yo... Sólo ha sido una pesadilla –dijo temblando–. Una pesadilla...

Antonio frunció el ceño y se acercó a ella.

–¿Quieres contármelo? –le preguntó acariciándole el pelo.

Claire negó con la cabeza, refugiándose en su pecho.

–Sólo ha sido un sueño, preciosidad. Los sueños no son reales. Sólo son imágenes creadas por el cerebro. Algunas tienen sentido, otras no. Pero no son profecías ni augurios. Sólo son la expresión de nuestro subconsciente.

–No es la primera vez que la he tenido –dijo ella

mirándole a los ojos–. Es como si ella estuviera llamándome. La oigo, oigo sus gritos, pero no puedo llegar hasta ella.

Antonio se estremeció. Habían pasado cinco años, pero sabía perfectamente a qué se refería. Por mucho que pasara los días trabajando, manteniéndose ocupado, cuando llegaba la noche, había momentos en los que, sin saber por qué, él también podía oír los mismos gritos.

–Lo siento... –susurró Claire–. Te he despertado, con el trabajo que tendrás mañana...

–Intenta volver a dormir, *cara* –dijo él–. Y no te preocupes, estoy acostumbrado a estar desvelado. Es parte de mi trabajo.

A los pocos minutos, Antonio oyó la respiración profunda y acompasada de Claire, que se había quedado dormida en sus brazos. No se movió ni un centímetro. Permaneció allí, mirándola, acariciando su pelo.

No tardaría en darse cuenta de que él nunca sería capaz de presentar cargos contra su hermano Isaac. Y, cuando eso sucediera, ya no tendría ninguna razón para permanecer a su lado y él tendría que pensar en algo. No por las ideas que tuviera su familia sobre el matrimonio, no por intentar salvaguardar su dinero, sino porque quería despertarse junto a ella el resto de su vida.

Cuando Claire se despertó y descubrió que Antonio no estaba, se sintió decepcionada. ¿Qué demonios había esperado, el desayuno en la cama y un ramo de rosas?

Echó la sábana a un lado y se levantó, sintiendo dolor por todo el cuerpo.

No habían hecho el amor, eso estaba muy lejos de la realidad. Sólo había sido sexo, una pasión que había renacido de sus cenizas y que, aunque había sido glorioso, no había sido más que la sombra de las noches del pasado en que habían hecho de verdad el amor.

Mientras abría el grifo de la ducha, se preguntó por qué habría resucitado en aquel momento la pasión de Antonio por ella. No había querido volver a verla hasta que había iniciado los trámites del divorcio. Aceptando aquel compromiso de tres meses, lo había pospuesto todo. Pero aquello no tenía nada que ver con el pasado. Se trataba de un hombre rico intentando hacer todo lo posible para no tener que compartir su herencia. Y ella se había dejado manipular. Había quedado claro lo débil que era. No había pasado ni veinticuatro horas en su compañía y allí estaba, en su cuarto de baño. Incluso podía estar embarazada. Había vuelto a caer en la trampa. Si se quedaba embarazada, quedaría atada a él sin saber si realmente la quería.

Después de ducharse, se vistió y vio una nota de Antonio en la que le informaba de que tenía una larga lista de compromisos, pero que podían quedar para cenar sobre las ocho y media. No había una sola palabra cariñosa, ni un *te quiero*, ni un *estoy deseando verte*, nada a lo que pudiera aferrarse. Arrugó la nota y la tiró a la papelera, furiosa consigo misma por haber esperado algo de él.

Minutos después, en el aparcamiento, se echó el bolso al hombro y miró sorprendida a la encargada.

–¿Qué quiere decir con que éste es mi coche?

–Así es, señora Marcolini –respondió sonriendo

la encargada–. Su marido lo encargó y llegó ayer por la tarde. Si quiere que le explique cómo funciona, estaré encantada...

–No será necesario –dijo ella interrumpiéndola orgullosa y tomando las llaves–. Un coche es un coche, tiene un acelerador, un freno...

–Sí, pero...

Miró fijamente a la encargada, lo suficiente como para que no siguiera insistiendo.

Se subió al coche. Al principio se sintió desorientada. El panel principal estaba lleno de luces e indicadores. Parecía un cohete de la NASA a punto de despegar. Quizá había sido demasiado testaruda al rechazar la ayuda de la encargada.

Al introducir la llave en el contacto, el motor se encendió, los espejos retrovisores giraron como por arte de magia y se encendió una luz pidiéndole que se pusiera el cinturón de seguridad.

–Muy bien –dijo ella hablando consigo misma y abrochándoselo.

¿Dónde estaba el freno de mano? ¿Por qué no estaba en el mismo lugar que en el resto de los coches?

Cuando localizó el botón que bajaba las ventanillas, asomó la cabeza y solicitó la ayuda de la encargada.

–El freno de mano está a la izquierda –le informó la mujer.

–Gracias –dijo Claire–. Que tenga un buen día.

–Igualmente –repuso la encargada.

–Dios santo... –dijo Rebecca cuando vio aparcado el coche de Claire en el exterior–. ¿Has venido hasta aquí conduciendo eso?

–Sí, bueno... Yo no llamaría a lo que he hecho conducir –respondió un poco avergonzada–. Me ha costado un poco adaptarme. Cuando iba por el centro, pasé por un túnel y las luces se encendieron solas. Cuando salí, se apagaron. Y ahora, cuando he aparcado, el coche me iba avisando para advertirme cuándo estaba cerca del coche de detrás o del de delante.

–Vaya, vaya... Ojalá mi ex marido me hubiera regalado un deportivo como ése. Lo único que me dio fue la factura del abogado.

Claire prefirió no decir nada, se quitó el abrigo y lo dejó en el perchero. Rebecca tenía razón, no podía quejarse. La mayoría de las mujeres se cambiarían por ella sin pensarlo. Como no era tonta, sabía que Antonio, más que por su seguridad, lo había hecho por salvaguardar su imagen, pero ¿no habría sido maravilloso que lo hubiese hecho por amor?

–Tienes una lista de clientes interminable –le informó Rebecca cuando entró en el salón–. Parece que todo el mundo quiere que le corte el pelo la mujer que le ha robado el corazón a Antonio Marcolini.

–Sólo es un hombre –dijo Claire preparándose para el trabajo–. Se lava los dientes, se afeita por la mañana... Como todos los hombres.

–¿Ah, sí? Entonces, ¿por qué has vuelto con él? He leído en la prensa que te has ido a vivir a su hotel.

–Porque mi piso es muy pequeño, nada más. Él está acostumbrado a los lujos. Un piso pequeño en un barrio de clase baja no va con él. Me pareció lo mejor, al menos de momento.

–¿Ya te has acostado con él?

Claire se sonrojó, no pudo evitarlo.

–Qué preguntas haces, Bex... Algunas cosas es mejor mantenerlas en privado.

–Es decir, que sí –dijo su amiga sonriendo–. Lo sabía. En cuanto entró aquí, lo supe. Es un hombre al que no puedes decir que no, ¿verdad?

–Sólo estamos intentando reconciliarnos –respondió ella–. No hemos pensado en el futuro. Sólo porque me haya comprado un coche no voy a pasar el resto de mi vida con él. Seguramente es una compensación, para que no me enfade cuando vuelva a Italia.

–Pero... creía que seguías enamorada de él. ¿Lo estás? No eches abajo todas las ilusiones que tengo puestas en ti.

–Todo es una farsa, Bex –confesó Claire–. Todo es mentira, no estoy con él, al menos en el sentido real de la palabra.

–Pero... acabas de admitir que te has acostado con él. ¿No es eso volver a estar juntos? ¿Y qué hay del beso que te dio ayer aquí mismo? A mí me pareció sincero.

–Sólo va a estar aquí tres meses –respondió Claire con frialdad–. No volveré con él a Italia a menos que está completamente segura de lo que siente por mí y, sinceramente, no veo por ninguna parte que se preocupe lo más mínimo. No es del tipo de hombres que suelen expresar sus sentimientos. Incluso cuando me quedé embarazada, no fue capaz de decirme nada. ¿Qué te dice eso?

–Bueno... Si te pones así...

–Su padre ha muerto. Murió hace un par de meses. Empiezo a pensar que ésa es la razón por la que ha venido. Creo que quería saber qué quería yo.

–¿Y qué quieres? –preguntó Rebecca muerta de curiosidad.

–No lo sé... El divorcio está pendiente. Durante estos años, he esperado a que fuera él quien diera el primer paso. Cuando asumí que nunca lo haría, decidí hacerlo yo. Ahora, desearía no haberlo hecho.

–¿Te has preguntado alguna vez por qué Antonio nunca te pidió el divorcio?

–Lo que pasó entre nosotros fue... –se detuvo unos instantes, preguntándose por qué no lo había hecho, por qué no había iniciado los trámites si de verdad había estado con Daniela, preguntándose si no se habría equivocado.

–Es más –continuó Rebecca–. ¿Te has preguntado por qué tú no has querido divorciarte de él?

–Creo que ya sabes por qué –respondió Claire.

–Todavía le amas, ¿verdad? Lo sabía. Basta con escuchar cómo pronuncias su nombre para darse cuenta.

–Durante todo este tiempo he estado mintiéndome a mí misma. He intentado convencerme a mí misma de que le odiaba, pero no es así. Le quiero. Siempre le he querido. Estaba convencida de que había tenido una aventura, que él siempre ha negado.

–Bueno... Todos los hombres dicen lo mismo.

–No lo sé... Antonio es buena persona. Lleva a cabo muchas acciones caritativas por todo el mundo. Cuanto más lo pienso, más pongo en duda mis certezas. ¿Y si me he equivocado? ¿Y si no estaba teniendo una aventura? ¿Y si ha estado diciéndome la verdad?

–Claire, muchos matrimonios son capaces de superar una infidelidad –dijo su amiga–. Si tuvo una, es evidente que ya ha terminado, de lo contrario no estaría contigo intentando solucionar las cosas. Dale una oportunidad. Tú le quieres. ¿No es eso lo único que importa?

–No sé si él siente algo por mí, Bex. No puedes obligar a nadie a que te quiera. Debe salir de forma natural.

–Escucha, cariño... Un hombre que le compra a una mujer un coche como ése debe de sentir algo. Deja de atormentarte, intenta disfrutar el momento. Algunos hombres no son capaces de expresar con palabras lo que sienten, pero sí lo demuestran con sus acciones.

Claire miró el deportivo que Antonio le había comprado y deseó que su amiga tuviera razón, que aquel coche fuera una forma de demostrarle sus sentimientos. Pero, entonces, recordó lo mucho que se jugaba Antonio si aquello terminaba en un divorcio. ¿Era aquel coche una forma de tenerla contenta, de distraerla hasta que encontrara una forma rentable de ponerle fin a aquella relación?

–Oh, casi se me olvidaba... –dijo Rebecca–. Ha llamado tu madre. Dijo que te había dejado un par de mensajes en el contestador de tu móvil. Creo que está un poco enfadada porque no le hayas contado nada de lo de Antonio. Como casi todos, se ha enterado por la prensa.

–Oh, Dios mío... Se me había olvidado del todo... ¿Qué voy a decirle?

–Dile la verdad –respondió Rebecca–. Dile que le amas y que estás intentando recuperar vuestro matrimonio. Es tu madre, Claire. Seguro que quiere lo mejor para ti.

Claire también quería lo mismo, pero su felicidad no dependía sólo de ella, sino del amor de Antonio, y eso no estaba en sus manos.

Quizá Rebecca tuviera razón. Tenía que dejarse llevar, disfrutar del momento mientras durara. Podía ser que los motivos de Antonio no fueran precisamente nobles, pero en tres meses podía demostrarle cuánto le amaba, a pesar de todo lo que había sucedido, a pesar de todo lo que le había hecho sufrir.

Capítulo 11

CLAIRE no volvió del trabajo al hotel directamente. Se pasó por el cementerio, deteniéndose antes para comprar un ramo de rosas. Limpió el jarrito de bronce y lo rellenó de agua limpia, colocando en él las rosas antes de depositarlo en el lugar de descanso de su pequeña hija. Sintió un dolor familiar en el pecho cuando miró la inscripción, y se echó a llorar.

–Duerme tranquila, cariño –dijo dulcemente como despedida, antes de abandonar el recinto.

Ya de regreso, encontró el tráfico tan denso que cuando llegó al hotel era mucho más tarde de lo que había pensado.

–¿Dónde demonios has estado? –gruñó Antonio nada más verla entrar por la puerta.

–Estaba... el tráfico estaba imposible –dijo ella dejando el bolso a un lado.

–¡Pero es que han sido dos horas! –dijo él algo enfadado.

Ella se pasó la lengua por los labios.

–¿Cómo sabes cuánto tiempo ha sido? –dijo ella.

–Te llamé al salón de belleza, pero ya habías salido. Hice el viaje de vuelta aquí y tardé sólo quince minutos, y eso que era la hora punta.

Claire se quitó el abrigo, pensando en la mejor

manera de no dejarse intimidar por su arrogante conducta.

–Gracias por el coche. Es precioso. Me lo llevé para dar una vuelta.

–¿Adónde? –dijo él, en tono de acusación, casi hostil.

–Al cementerio –dijo ella, sosteniendo su oscura, y ahora airada, mirada–. A visitar a nuestra hija.

Claire notó en Antonio el efecto de su inesperada respuesta. Se le veía desconcertado, se pasaba una y otra vez la mano por su tupido cabello con gesto nervioso y pensativo.

–Perdóname –dijo él, en tono áspero–. No te debería haber hablado así.

–Debería haberte dicho adónde iba a ir, pero creía que ibas a llegar tarde. Es lo que decías en la nota que me dejaste esta mañana.

Antonio volvió a mirarla a la cara, como acostumbraba.

–Terminamos la agenda de trabajo antes de lo previsto. Tuvimos que pasar a uno de los pacientes a la próxima semana debido a unos problemas de coagulación.

El silencio se prolongó durante largo tiempo, hasta que Claire lo rompió diciendo:

–Necesito darme una ducha. Me siento como si estuviera llena de restos de pelos y tintes por todas partes.

Claire se dirigió al cuarto de baño, pero antes de llegar, Antonio la detuvo sujetándola por un brazo.

–Claire.

Ella le miró, la tristeza que podía ver en su rostro le derretía el corazón.

–¿Sí? –dijo ella, apenas en un susurro.

–Tengo algo para ti –dijo él, metiendo la mano libre en el bolsillo del pantalón.

Claire contuvo la respiración cuando él le puso en la mano dos cajas redondas forradas de terciopelo. Abrió la primera y vio un espléndido anillo de diamantes de pedida reluciendo en su interior. La segunda caja contenía otro bellísimo diamante engastado en un anillo de boda. Ella ya sabía, antes de probárselos, que se ajustarían perfectamente a su dedo.

Ya con los anillos puestos, volvió a mirar a Antonio, pero su expresión era difícil de definir.

–Gracias, Antonio. Son una auténtica preciosidad. Deben de haberte costado una fortuna.

Él se encogió de hombros con gesto despectivo.

–Son sólo accesorios –dijo él–. No quiero que la gente piense que no puedo o que no quiero regalar a mi mujer cosas bonitas.

–Estoy convencida de que nadie piensa que seas un marido que descuida a su mujer, después de todo el dinero que te has gastado conmigo últimamente.

Los ojos de él la examinaron por un breve instante.

–¿Por qué no me dijiste que donaste una importante suma de dinero a la unidad de neonatos del hospital St. Patrick a las pocas semanas de volver a Australia? –le preguntó él.

Claire apretó los labios preguntándose cómo lo habría averiguado. Ella había pedido a la CEO que mantuviera su nombre en el anonimato. La organización le había asegurado que nadie sabría nunca quién había hecho la donación.

–¿Claire?

–¿Cómo lo has averiguado? –le preguntó ella.

–Hay secretos que no son fáciles de guardar –dijo él, manteniendo todavía la expresión inescrutable de su cara.

Claire bajó la mirada, dando vueltas en su dedo a los anillos.

–Parece como si ahora en tu vida sólo te dedicases a averiguar todo lo que puedas de mí. ¿Debería mirar hacia atrás cada vez que salgo a la calle para ver si me sigue un hombre con gabardina?

–Me gustaría que a partir de ahora me dijeras adónde vas –dijo él, muy serio.

–¿Por qué? –preguntó ella–. ¿Quieres acaso vigilar cada uno de mis pasos como si fuera yo un prisionero y tú mi guardián?

–Sólo me gustaría saber dónde estás y con quién –dijo él, haciendo una pausa antes de proseguir–. Estuve preocupado por ti toda la tarde.

–¿Preocupado? –dijo ella arqueando las cejas, con gesto de incredulidad–. ¿Por mi bienestar o por si me había conseguido escapar de tus garras?

Él alzó la barbilla con gesto altivo y desafiante, clavando en ella sus ojos negros.

–Si estás abrigando la idea de abandonarme, sólo recuerda que me basta hacer una llamada para meter a tu hermano entre rejas.

La mirada de ella se dirigió instintivamente al móvil de Antonio.

–No tendrás la intención de mantener esa arma sobre mi cabeza toda la vida, ¿verdad? –dijo ella–. Ya está bien.

–No, mientras sigan así las cosas –dijo él, bajando lenta e inexorablemente su boca hasta la suya, besándola.

Ella sintió un escalofrío con su profundo beso y le pasó los brazos alrededor del cuello, presa de un súbito ardor. La lengua de él jugaba con la suya, excitándola más y más con cada sensual movimiento suyo. Ella se apretó contra él con fuerza, gozando con el placer de sentir la excitación creciente, cálida y dura de él contra su cuerpo. Las manos de él se deslizaban por sus caderas, agarrándolas y atrayéndolas con fuerza hacia sí.

El beso de él llegaba a ser para ella una droga, la caricia de su lengua le hizo soltar gemidos de placer. Las manos de él se movían desde su cintura hasta los costados de sus senos, usando los pulgares para frotar sus pezones con movimientos circulares tan excitantes que desataban en ella gemidos de placer, a pesar de la barrera del vestido.

–Te quiero desnuda –dijo él junto a su boca–. Ahora.

Claire se estremeció cuando sus manos se adueñaron de sus senos.

–Necesito una ducha...

–Buena idea –dijo él, levantándola en brazos como si fuera una pluma, y llevándola al baño–. Yo también la necesito.

Claire no se dio cuenta apenas de que la estaba desnudando, pero en unos pocos segundos estaban los dos bajo el chorro caliente de la ducha y él la besaba en ambos lados del cuello, donde su piel tan sensible respondía, al recibir las caricias de su lengua, con temblores de placer. Ella ladeó la cabeza y cerró los ojos, para disfrutar mejor del momento en que los labios y la lengua de él comenzaron lentamente su vertiginoso viaje por las curvas de sus pechos.

Ella estuvo jadeando todo el rato, gimiendo y dando sofocados gritos cuando los dientes de él comenzaron a estimular su sensible carne con pequeños tironcitos. Y luego recorriéndola toda, lamiéndola de parte a parte hasta que cada uno de sus nervios cobraba vida animado de un ardoroso sentimiento. A ella le flaquearon las piernas y creyó que no podría tenerse en pie al sentir la aspereza de la barbilla de él contra su delicada piel en el instante en que pasaba a acariciar el otro seno.

El vapor del chorro de agua caliente intensificaba el efecto sensual de sus cuerpos frotándose uno contra otro. Claire ya se había duchado antes con Antonio en el pasado, pero no podía recordarlo ahora en su estado actual de exaltación. Incluso cuando su excitación era cada vez más creciente, él se tomaba su tiempo, como si quisiera estirar cada segundo de placer, y el cuerpo de ella se lo agradecía deleitándose con ello. Su anhelo sexual crecía y crecía, respirando cada vez de forma más entrecortada y jadeante conforme él se acercaba más y más al esperado momento de la posesión.

–Ahora... oh, por favor, ahora –dijo ella, apretándose contra su caliente y dura masculinidad.

Él la mantuvo ligeramente en vilo, tanteando sensualmente con su erección la puerta de entrada suya, sensible y ya húmeda, y esperando que la presencia de su vigor en la estrecha calidez de ella la inundara de febril deseo.

–Dime cuánto me quieres –dijo él, manteniendo el cadencioso y apretado frotamiento de su cuerpo con el de ella.

Los movimientos eróticos y excitantes no dejaban

en su mente espacio para otra cosa que para la inminente posesión.

–No me hagas suplicártelo, Antonio –dijo ella jadeante–. Sabes bien cuánto te quiero. No he querido a nadie más que a ti.

Los ojos de él brillaban de satisfacción. La apretó contra el lateral de la cabina de la ducha, disponiéndola para la penetración.

Claire cerró los ojos cuando él se impulsó hacia delante y ella aceptó su cuerpo aferrándose y atenazándose alrededor de él. Antonio empezó suavemente, pero incrementó su ritmo hasta que la respiración de ella se hizo tan difícil como la suya, las manos de ella se asían a él para poder así mantenerse derecha pues sentía como si empezara toda ella a romperse en mil pedazos, y a dar vueltas y más vueltas en un torbellino febril de sensaciones.

Él llegó pocos segundos después que ella, sus apagados y profundos gemidos terminales de placer la estremecían por dentro conforme él se derramaba. Claire sintió las convulsiones del cuerpo de él mientras ella le acariciaba la espalda, recorriéndola palmo a palmo suavemente con las yemas de sus dedos, y sintió luego sus tensos músculos contraídos y crispados en la culminación.

Antonio se hizo a un lado y se apartó con la mano el pelo húmedo de la cara.

–Te dejaré aquí que termines –dijo él, deslizando suavemente la punta del dedo sobre una marca roja que tenía ella en la curva superior del pecho–. Necesito afeitarme para no irritarte y despellejarte más tu delicada piel.

Claire se miró los pechos, el llamativo contraste

de su cremosa suavidad contra el tono oscuro de los dedos de él provocaba en ella un efecto embriagador. Lanzó un suspiro cuando él deslizó las puntas de los dedos sobre sus pezones, y luego otro más cuando se puso a dibujar suaves círculos por el contorno de sus aréolas.

–¿Fuiste a ver al médico por lo de los anticonceptivos? –le preguntó él, mirándola fijamente.

Claire sintió como si en vez del agua caliente le cayese ahora un jarro de agua fría. Le miró con el corazón desacompasado.

–No… No he conseguido que me dieran cita.

–¿En qué parte del período estás?

–No estoy segura…

–Claire, hemos hecho varias veces el amor sin usar protección. ¿No se te ha ocurrido pensar que podrías estar ya embarazada?

A ella se le hizo un nudo en la garganta, y pasando por detrás de él, cerró el grifo de la ducha. Salió de la cabina y tomando una de las esponjosas toallas se envolvió en ella.

–Creí que dijiste el otro día que no era el momento adecuado para ponerse a hablar de hijos –dijo ella.

Él salió también de la ducha y se envolvió con una toalla a la altura de la cintura.

–Lo que valía entonces, vale también ahora –sentenció ella mirándole con suspicacia–. ¿O es que ha cambiado algo?

–Sí, somos más mayores y más sabios, Claire. Las cosas podrían funcionar ahora entre nosotros.

Claire trató de buscar en la cara de él alguna pista de lo que estaba sintiendo, pero era sólo una máscara.

–Así que… –se detuvo, pasándose la lengua por los labios–. Lo que estás diciendo es que… quieres que sigamos casados.

–Nunca tuve intención de divorciarme de ti, Claire.

–¿Por qué? –preguntó ella–. ¿Porque podría costarte caro ahora que se ha muerto tu padre y te ha dejado la mitad de todo su patrimonio?

–Así que fue por eso por lo que me importunaste con los papeles del divorcio, ¿verdad? –dijo él–. Viste la ocasión de arruinarme, de vengarte, en desquite por todas las veces que supuestamente te había decepcionado en el pasado. No olvides, Claire, que yo también vi el artículo del periódico. Mencionaba la reciente muerte de mi padre. Tú hiciste las cuentas pero, afortunadamente para mí, tu hermano decidió meter baza en el asunto.

Claire le miró, apretando los puños.

–Malnacido. La primera vez que yo oí hablar de la muerte de tu padre fue cuando tú me lo dijiste en nuestra primera cita. Sí, tú, arrogante malnacido sin sentimientos. Desde el principio te propusiste seducirme y acostarte conmigo, esperando que una vez conseguido tu propósito yo ya no querría dejarte. No es de extrañar que me hayas estado comprando anillos caros y un coche de lujo y hablándome de hijos. Querías que tuviera que pensármelo dos veces antes de abandonarte, ¿no?

–No va a haber divorcio, Claire –dijo él, con un gesto intransigente–. Quiero que esto quede completamente claro. Especialmente si vamos a tener un niño.

–¿Cómo puedes ser tan frío e indiferente? –le espetó ella–. Esto no es un acuerdo comercial. Se trata de mi vida. ¿Y si quiero pasarla con otra persona? ¿Has pensado alguna vez en eso?

–¿Hay algún otro? –preguntó él clavando en ella su mirada, echando fuego por los ojos.

–¿Por qué no me lo dices tú? –respondió ella con gesto resentido–. Tú, que me estás vigilando a todas horas, deberías saberlo.

–Yo no te estoy vigilando –dijo él apesadumbrado–. Me enteré por casualidad de que fuiste tú la responsable de la donación. Supuse que no pensabas decírmelo. Me diste pie a pensar que habías tomado el dinero de mi madre para malgastártelo en tus cosas; en lugar de ello, averigüé que habías sido responsable de haber salvado probablemente la vida a cientos de niños prematuros.

–Yo no le pedí el dinero a tu madre. Ella ya había extendido el cheque antes de venir a verme aquella noche. No sé por qué continúa insistiendo en decir que yo se lo pedí.

Antonio relajó la mirada.

–No tiene sentido volver a darle vueltas a ese asunto. Si tú dices que fue así como sucedió, estoy dispuesto a aceptarlo.

Los ojos verde mar de ella se abrieron como platos.

–¿Me crees entonces?

–Si queremos que nuestro matrimonio vaya bien esta vez, tenemos que aprender a confiar el uno en el otro –dijo él, pasándose la mano por el pelo, aún húmedo.

Ella le miró con ironía.

–Acabas de acusarme de intentar llevarme la mitad de tus bienes. ¿Es ésa la confianza a la que te refieres?

Él la miró durante varios segundos.

–¿Por qué, después de tanto tiempo, esperaste hasta ahora para pedirme el divorcio? –le preguntó él.

Ella se mordió el labio inferior por unos instantes antes de responder.

–Porque creía que nuestro matrimonio estaba definitivamente roto.

Incluso ahora, Antonio se preguntaba si podía creerla. La había vuelto a chantajear en la cama, pero ella tenía razón al decir que él no podía mantener eternamente la amenaza de llevar a su hermano a prisión. No debería haberlo hecho desde el primer momento. Su hermano había actuado sin sentido de la lealtad, pero ése era el mismo tipo de comportamiento que él había visto en su propio hermano muchas veces.

Antonio estaba aún perplejo por la sorpresa de haber averiguado que Claire no había usado ese dinero en su propio beneficio. Cinco años de enojo e indignación habían sido barridos con una sola frase de un virtual desconocido que había sabido más sobre Claire que él.

Era como ver a Claire por vez primera, estaba descubriendo cosas de ella en las que nunca se había fijado antes. Como la forma en que ella besaba con todo su cuerpo, no sólo con la boca. Y qué afectuosas eran sus manos, enviándole a él descargas eléctricas con su más tenue y leve contacto. Qué dulce era su sonrisa, le conmovía como ninguna otra lo había hecho. Cómo brillaban sus preciosos ojos de desafío y rebeldía en un instante, y luego, al poco rato, resplandecían rutilantes de emoción con la sola mención de su hijita. Era como una película o una novela que no había entendido la primera vez. Tenía pasajes y argumentos secundarios que le hacían apreciar su singularidad de una forma que jamás había logrado antes.

Él nunca había estado seguro de saber entender las emociones de Claire. No estaba aún seguro de por qué. No era porque él hubiera tenido una vida complicada, o hubiera sufrido un desengaño con otra mujer, resultándole por tanto más difícil abrir su corazón. Pero lo que sí sabía era que sentía algo por Claire que no había sentido antes por ninguna otra mujer.

Antonio le levantó la barbilla y pasó sus labios por los suyos.

–Esto no ha acabado aún, *cara* –dijo, tirando de la toalla que ella llevaba y arrojándola al suelo con la suya–. Esto va para largo.

Capítulo 12

TRES semanas después, Claire salió del cuarto de baño del salón de belleza y se encontró a Rebecca mirándola fijamente.

–¿Vas decirme otra vez que has comido algo en mal estado, o vas a ser sincera? Es la tercera vez en pocos días que te veo así.

–Creo que estoy embarazada –confesó Claire con un suspiro–. Todavía no me he hecho la prueba, pero los síntomas son inconfundibles.

–¡Vaya! –exclamó su amiga sorprendida–. ¡Enhorabuena! ¿Se lo has dicho ya a Antonio?

–No –respondió enseguida–. Todavía no...

–¿No crees que se pondrá muy contento?

–Sí, seguramente sí –contestó Claire dubitativa–. Para él, significará que la cuestión del divorcio queda zanjada. Al menos de momento.

–Pero, cariño... –dijo Rebecca frunciendo el ceño–. Creía que el divorcio ya era cosa del pasado. Las últimas dos semanas te he visto más feliz que nunca. Pensé que finalmente os habíais reconciliado.

–Sí, las cosas van mejor entre nosotros. Ha sido muy atento conmigo, me ha llevado a cenar, me ha comprado ropa... Hasta se ha ofrecido a llevarme a ver a mi madre el próximo fin de semana.

–Entonces, ¿qué pasa?

–¿Es que no lo ves, Bex? Está sucediendo otra vez.

–No estoy segura de entenderte.

–Lo único que Antonio quiere es un heredero para la familia Marcolini. Cuando me quedé embarazada la primera vez, él insistió en que nos casáramos. Quería darle al bebé su apellido. No se trataba de si me quería o no, era cuestión de garantizar la supervivencia del imperio Marcolini.

–Pero, Claire... Las cosas pueden haber cambiado.

–Sí, claro que han cambiado –ironizó ella–. Ahora es el propietario de la mitad de la herencia de su padre, además de la suya propia. Estamos hablando de mucho dinero. Sabe que, si nos divorciamos, tendrá que darme una parte importante. ¿Qué mejor manera de evitarlo que dejarme embarazada? De este modo, resuelve dos problemas al mismo tiempo.

–Sospecho que no le has dicho que le quieres. ¿Me equivoco?

–Oh, Bex... Tengo que morderme la lengua todos los días. Ya cometí ese error. No puedo ser débil en estos momentos. Si vamos a estar juntos, quiero que sea en igualdad de condiciones. No quiero que me ame por lo que pueda darle, sino por mí misma.

–Claire, sólo han sido... ¿cuántas, algo más de tres semanas desde que volvisteis a veros? Tú acababas de iniciar los trámites del divorcio. Está en una tierra desconocida para él. No es extraño que no quiera admitir sus sentimientos tan rápido.

–Supongo que tienes razón... –dijo Claire sentándose en una silla y apoyando la cabeza en sus manos.

–¿Por qué no te tomas un par de semanas libres? Así podrás descansar. Después, cuando te encuentres mejor, puedes decirle a Antonio que estás embarazada.

–Sí, creo que me tomaré unos días –dijo Claire sonriendo con tristeza–. No quiero que nada vaya mal esta vez. No podría soportarlo.

Antonio acababa de terminar con uno de sus pacientes cuando recibió una llamada de su hermano, Mario, desde Roma. Escuchó con preocupación los acontecimientos que habían sucedido en su tierra natal desde que él se había ido.

–¿Cuánto tiempo le dan los médicos? –le preguntó a su hermano quitándose la mascarilla.

–Es difícil saberlo. Una semana... tal vez menos. Ha preguntado por ti.

Antonio se estremeció. Era irónico. La última vez que había visto a su madre, ella le había mirado sorprendida y le había preguntado a la enfermera quién era aquel extraño tan alto.

–Tomaré el primer vuelo que haya –dijo Antonio.

–¿La fugitiva de tu mujer va a venir contigo?

–Me costará convencerla, pero sí, quiero que venga conmigo. Y te agradecería que no volvieras a rememorar el pasado. Estamos consiguiendo salir adelante.

–¿Has conseguido que retire la demanda de divorcio?

–Más o menos –respondió Antonio.

Pero pensó en las veces, durante aquellas últimas semanas, en que la había sorprendido mirándole en secreto, como a escondidas, como si ocultara un secreto. No podía evitar pensar si no tendría alguna estrategia oculta. Había aceptado dormir con él por las noches voluntariamente. Y más que voluntariamente. Había un deseo más intenso aún que en el pasado. Pero nunca había hablado de lo que sentía por él, algo extraño en ella. Sus sonrisas eran frías y distantes, como si estuviera pensando en otra cosa. El único momento en que parecía estar completamente concentrada en él era en la cama. Al mismo tiempo, su deseo por ella, en lugar de desaparecer paulatinamente, como había esperado, no había hecho más que aumentar. Era paradójico, ya que, al principio, no había buscado más que eso, y, ahora, necesitaba mucho más.

Cuando regresó al hotel, Claire estaba sentada en el sofá leyendo una revista.

–Hola –le saludó cerrando la revista.

–Hola –dijo él besándola fugazmente.

–¿Pasa algo? –le preguntó Claire.

–Tengo que volver a Italia –respondió él sin preámbulos–. Tengo que ir lo antes posible. Y quiero que vengas conmigo.

–No –dijo ella sin dudar.

–*Cara*, no quiero obligarte ni nada por el estilo, pero...

–No voy a ir contigo –repitió interrumpiéndole.

–¿Por qué? ¿Qué pasa?

–Te lo dije desde el principio, no voy a ir a Italia contigo. No vas a convencerme, y no puedes obligarme.

–Pensé que teníamos un acuerdo –dijo él sosteniéndole la mirada.

–No me hagas chantaje, Antonio. Ya no funciona. Estuve hablando con Isaac ayer. Tu amigo le ha convencido para que se apunte a un curso de integración para jóvenes. Empieza en un par de semanas. Me ha dicho que fuiste tú quien pagó la matrícula. No serás capaz de darle la espalda de esa manera. Sólo sería capaz de hacer algo así una persona sin escrúpulos ni conciencia.

Antonio intentó pensar en alguna otra forma de convencerla. Finalmente, decidió cambiar de estrategia y hablarle de una parte de él que nunca había conocido.

–Claire, mi madre se está muriendo –dijo con sinceridad–. Tengo que estar con ella. Me lo ha pedido.

–Entonces, vete –dijo Claire–. No me necesitas para eso.

–Me gustaría que estuvieras allí, tesoro mío.

«Necesito que estés conmigo», pensó.

–Seguro que tu madre preferirá que no me entrometa en su vida, y menos en un momento tan delicado.

Pero sus ojos estaban traicionándola. Se estaba ablandando.

–Seguramente, no te reconocerá.

–¿Qué quieres decir?

–Mi madre sufre de Alzheimer. Hace ya tiempo que la cuida a todas horas una enfermera, pero esta mañana ha tenido un ataque. Prácticamente no recuerda nada del pasado ni reconoce a nadie.

–¿No me has dicho que ha pedido que vayas para que estés con ella?

–Sí, lo ha hecho, por eso es tan importante que vaya. Los enfermos de Alzheimer a veces tienen momentos de lucidez. Quiero verla. Es muy importante para mí. No estaba presente cuando murió mi padre. No pude decirle todo lo que quería decirle ni pudo decirme lo que había estado guardando toda su vida. No estuve allí para ti ni para nuestro bebé. Y nunca, en toda mi vida, me perdonaré por ello. No quiero sentirme culpable por nada más. Claire, por favor... Haz esto por mí... Por favor...

Claire sintió cómo sus convicciones desaparecían a toda velocidad. Era evidente que era un momento difícil para él. Acababa de perder a su padre hacía poco tiempo, y ahora su madre estaba en estado crítico. Era incapaz de negarle aquella petición. Además, escucharle hablar del bebé con tanta emoción, le había llegado muy adentro. Aunque no le había dicho nada, sabía que había ido al lugar donde descansaban los restos de la pequeña. Había ido aquella misma mañana, y había encontrado un osito de peluche rosa, un pequeño ramo de flores y una tarjetita en italiano con las palabras «*Con todo mi amor, de tu papá que te quiere mucho*».

Había sido suficiente para darse cuenta de lo introvertido que era Antonio. Había pasado toda su vida bajo la incesante vigilancia de los paparazzi, que le habían obligado a ser reservado. Se había acostumbrado a hacer las cosas solo, sin contar con nadie, ocultando una parte de sí mismo. Su trabajo había acabado de rematar las cosas, un trabajo que le exigía concentración, ser capaz de controlar sus emociones.

Pero ella no lo había sabido. Y ahora se daba cuenta de lo poco que le había conocido en el pasado. Se había enamorado de una parte de él, pero nunca había conocido a la persona real, a la que se escondía detrás del muro que había erigido a su alrededor.

–Claire, no espero estar allí más de una semana, diez días como mucho –dijo él–. Tengo compromisos aquí, aunque tendrán que esperar hasta que regrese.

–Está bien –accedió Claire–. Iré contigo.

Antonio se acercó a ella y le dio un cálido beso en la frente.

–Gracias, preciosidad –le dijo en voz baja–. Te prometo que te haré todo lo más cómodo posible cuando estemos allí.

El viaje hasta Roma fue largo, pero Claire lo pasó durmiendo en el compartimento privado que Antonio había reservado.

Cuando se despertó, estaban a punto de tomar tierra.

Les llevó más tiempo del esperado atravesar los controles de seguridad. Aunque la terminal tenía aire acondicionado, Claire podía sentir el sudor recorriendo su frente.

–¿Estás bien, *cara*? Ya sé que estar esperando entre tanta gente es agotador, pero pronto estaremos en casa.

«En casa». Lo había dicho con toda naturalidad, como si también fuese su casa. Pero no lo era. Y nunca lo sería hasta que se sintiera amada y segura a su lado. Le daba igual dónde vivir, siempre que fuera al lado de un hombre que la quisiera de verdad.

El viaje hasta la casa de los Marcolini no fue largo. Enseguida apareció la silueta del imponente edificio de tres plantas, la larga hilera de árboles y arbustos, la fragancia penetrante de la tierra que tanto le recordaba a Claire su Outback natal, donde su madre trataba en vano de hacer crecer flores.

–¿No vais a llevar a tu madre al hospital? –le preguntó a Antonio en voz baja.

–No –respondió él–. Ha dicho claramente que prefiere estar aquí, con la familia.

El hermano de Antonio estaba bajando las elegantes escaleras de mármol. Era un poco más alto que Antonio, tenía los mismos ojos oscuros y el mismo cuerpo musculoso. Pero, mientras la mirada de Antonio transmitía compasión por los pacientes que tenía a su cargo, la de Mario estaba llena de cinismo.

–Vaya, la hija pródiga vuelve a casa –dijo Mario en cuanto bajaron del coche–. Bienvenida a casa, Claire.

Antonio le dijo algo a su hermano en italiano y, a continuación, siguió hablando en inglés.

–¿Cómo está mamá?

–Consciente, pero dice cosas sin sentido –respondió Mario–. Está hablando todo el rato de papá.

–Es normal, tú siempre te has parecido a él más que yo. ¿Ha venido alguien a visitarla?

–Daniela vino ayer con su marido y su bebé. No sé si volverá –dijo, mirando de reojo a Claire.

¿Es que nunca iba a poder librarse de la cruz de haber malinterpretado la relación entre Antonio y Daniela? ¿Iban a tener que recordárselo eternamente?

–Quiero ir a verla –dijo Antonio–. ¿Ha venido ya el médico hoy?

–No hay nada que puedas hacer por ella, hermano. No eres su médico, eres su hijo. Recuérdalo.

–¿Puedes traerle algo de beber a Claire y enseñarle nuestra habitación? –le pidió Antonio a su hermano reprimiendo la angustia que sentía–. Está un poco cansada del viaje.

–¿Qué te gustaría tomar? –le preguntó Mario llevándola al salón.

–¿Tenéis zumo de naranja?

–¿Hay canguros en Australia?

Claire sonrió tímidamente. Tenía que admitir que Mario, cuando estaba relajado, podía ser una persona encantadora. No era de extrañar que Antonio no permitiera que nadie dijera nunca nada contra él en su presencia.

–Bueno... –dijo Mario dándole un vaso de zumo de naranja–. Así que mi hermano y tú volvéis a estar juntos...

–Sí... –dijo ella bajando la mirada.

–Espero que, esta vez, dure –replicó él–. Antonio no ha sido el mismo desde que te fuiste.

Claire respiró profundamente y le miró a los ojos.

–Le amo, Mario. Seguramente no te lo creas, pero así es. Fui una tonta. Ahora sé que no estaba teniendo ninguna aventura. Ahora lo sé. Nunca he dejado de quererle. Le quiero tanto...

–¿Se lo has dicho a él? –preguntó Mario.

Antes de que Claire pudiera responder, antes incluso de que pudiera formar las palabras en su mente, empezaron a temblarle las piernas y se le nublaron los ojos. Intentó concentrarse, intentó mantenerse firme, pero sentía escalofríos por todas partes, como si le hubiera bajado la tensión súbitamente. Sintió que se derrumbaba, vio el suelo de mármol debajo de ella como si fuera un abismo hacia el que se estuviera precipitando a toda velocidad. El vaso que tenía en la mano cayó, rompiéndose en mil pedazos.

–¡No dejes que se caiga! –gritó Antonio.

Pero, si Mario fue capaz de hacerlo, no lo supo.

Se despertó en una habitación oscura. Tenía un paño caliente en la frente.

–¿Qué pasa? –preguntó desorientada–. ¿Dónde estoy?

–Te has golpeado la cabeza, *cara* –dijo Antonio visiblemente preocupado–. He pedido una ambulancia para llevarte el hospital enseguida. Quiero que te miren por rayos X.

No veía bien. La voz de Antonio parecía proceder de un lugar muy lejano. Le dolía terriblemente la cabeza. Tenía la garganta reseca.

Al intentar respirar, oyó el ruido de las sirenas en el exterior.

Mientras la metían en la ambulancia por la puerta de atrás, se dio la vuelta y vio que Antonio tenía la cara completamente pálida.

–No hace falta que vengas conmigo –le dijo–. Tienes que quedarte con tu madre. ¿Cómo está?

–De momento, bien –respondió tomándole la mano–. Ha preguntado por ti.

–¿Por mí? –repitió ella sorprendida–. Ella... ¿sabe que estoy aquí?

–Le dije que estábamos juntos otra vez –respondió Antonio–. Creo que quiere pedirte disculpas antes de despedirse.

A pesar de su debilidad, a pesar de sentir que estaba a punto de desmayarse de nuevo, a Claire se le contrajo el corazón.

–Dile... –murmuró desvaneciéndose–. Dile que me espere...

–Lo haré, no te preocupes –dijo Antonio dándole un suave beso en la frente.

–*Come è lei*?

Claire distinguió la voz de Antonio preguntando cómo estaba. Le respondió otra persona, seguramente un doctor, aunque no pudo entenderle bien.

–*Commozione minimo... um... Ma non è tutto... Lei è incinta...*

–¿Desde cuándo? –preguntó Antonio, esa vez en inglés.

Claire sintió como si pequeñas pompas de aire hubieran empezado a revolotear en el interior de su cuerpo.

Estaba confirmado.

Estaba embarazada.

–Dos semanas –respondió el doctor en inglés–. Tal vez tres. Los cambios hormonales le han afectado. Algunas mujeres son más sensibles que otras en esta fase. Pero no se preocupe. Si descansa adecuadamente, en unos días estará como nueva. He echado un vistazo a los archivos. Habrá que hacerle un seguimiento exhaustivo, dado lo que pasó la primera vez. Pero no hay peligro ninguno. En los cinco últimos años la tecnología médica ha evolucionado mucho. Tendrá una gestación segura.

Claire no cabía en sí de gozo. Si el médico tenía

razón, si todo salía bien, en unos meses estaría sosteniendo a su bebé en brazos. Estaría vivo. Para ella, era prácticamente un milagro maravilloso.

–*Grazie* –dijo Antonio emocionado–. Quiero decir... gracias.

–De nada. Siento lo de su madre. Quizá, si le dice que va a ser abuela, la ayudará mucho.

–Sí, puede que tenga razón –respondió Antonio–. Y gracias otra vez, ha sido muy amable. Se lo agradezco sinceramente.

Claire esperó a que los pasos del médico se perdieran en la distancia para abrir los ojos. Antonio la estaba mirando fijamente.

–*Cara*... –dijo con ternura–. Las buenas noticias son que no tienes ninguna fractura en la cabeza. No te ha pasado nada.

–¿Y...? ¿Y las malas?

–Bueno... No creo que sean malas precisamente –respondió sonriendo–. El médico que se ha encargado de ti ha dicho que estás embarazada. Te hizo un análisis de sangre rutinario y... dio positivo. Estás embarazada.

El rostro de Claire se llenó de lágrimas. Antonio se apresuró a tomar un pañuelo de uno de los cajones para secárselas.

–Y pensar que me estaba preocupando por la píldora... –comentó Antonio.

–Yo también –dijo ella–. Estaba a punto de llamar a mi ginecólogo para concertar una cita cuando me di cuenta de que tenía dos días de retraso. Decidí esperar, por si acaso.

–¿Y tenías pensado decírmelo o...?

–¡Claro! ¿No pensarás que...?

–Me lo habría tenido merecido. No he sido precisamente el mejor marido del mundo.

–Yo tampoco he sido la mejor esposa del mundo –replicó ella avergonzada.

Antonio tomó sus manos y las besó delicadamente.

–No sabes lo contento que estoy –dijo él–. Vamos a tener un bebé... No podría haber nada más maravilloso...

–¿Ni siquiera asegurarte la herencia? –preguntó ella.

–Esto nunca ha sido por la herencia. Te quiero, *il mio amato uno*. He sido tan tonto que no me he dado cuenta hasta ahora. Fui demasiado orgulloso como para aceptar que amaba a una mujer que me había abandonado. Debería haber luchado por ti. Ahora lo sé. Debería haber hecho todo lo posible para que regresaras.

–Yo también te quiero –dijo abrazándole llena de alegría–. Yo también he sido una tonta. No puedo creer que fuera capaz de dejarte. Fui una inmadura.

–*Cara*... –dijo Antonio, acariciándole la espalda–. Estabas dolida. Perder a Isabella fue... –se detuvo, dominado por la tristeza–. Fue como si nos hubieran encerrado en un mundo oscuro lleno de dolor y amargura. Había gente que dependía de mí, pero yo debería haberme preocupado por ti antes que por nadie. Ahora es fácil darse cuenta, pero entonces no pude. No pude soportar la idea de haberte dejado embarazada y no haberte apoyado. Y cuando Isabella... Yo sentí... Sentí que había sido culpa mía.

–Has dicho su nombre... –dijo Claire sorprendida–. Has dicho su nombre dos veces...

–He intentado pronunciarlo muchas veces, pero... siempre que lo intentaba, algo me oprimía la garganta hasta dejarme sin respiración.

Claire le dio un beso y le abrazó para que pudiera desahogarse.

Pasó mucho tiempo antes de que alguno de los dos fuera capaz de hablar pero, cuando finalmente le miró a los ojos, enrojecidos, se sintió, por primera vez en cinco años, verdaderamente feliz.

–Mi madre desearía disculparse contigo personalmente –dijo Antonio–. Pensó que estaba haciendo lo correcto. Pensó que ya no me querías. Por eso te dio el dinero... Para ayudarte a empezar de nuevo. Espero que puedas perdonarla. Ya sé que es muy difícil. Sé por experiencia lo difícil que es.

–Claro que lo haré –sonrió Claire–. Y tú también debes hacerlo. No quiero que nada malo enturbie esta felicidad. No después de lo que nos ha costado.

–Soy el hombre más afortunado de este mundo –sonrió él dándole un beso–. Estar contigo otra vez, esperando un bebé, formando una familia... Es como estar en el cielo.

–Hablando de familia. ¿No deberías ir con los tuyos un rato para ver cómo están?

–Los míos están aquí. Mi familia está aquí. Y no voy a separarme de vosotros nunca más.